하스미 케이카 지음
코-야후 일러스트
주승현 옮김

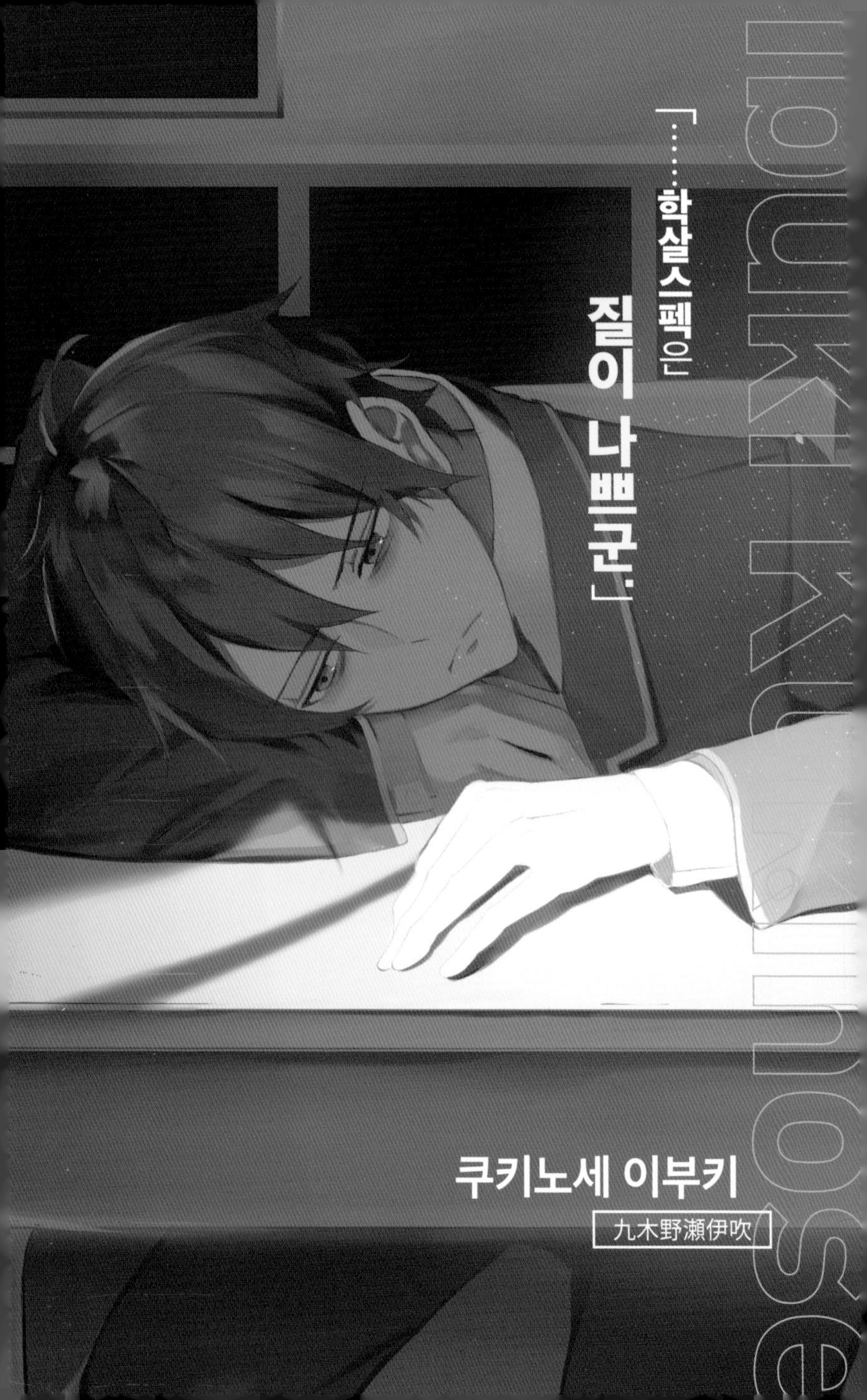
「……학살스펙은
질이 나쁘군.」
쿠키노세 이부키
九木野瀬伊吹

Sketch book

plan. 1

아카미츠키 양과 저스펙 쿠키노세 군

low-spec boy meets genocide-spec girl

하스미 케이카 지음 코-야후 일러스트

키노세 이부키

木野瀬伊吹)

통과 2학년. 노력가라 이것저것

력하고 있지만, 저스펙.

카미츠키 아사히

三月朝火)

통과 2학년. 어느 분야에서도 두각을

타낼 수 있는【만능】학살스펙.

로하나 요루

黒花 夜)

통과 1학년.【미술】분야의 학살스펙.

슴이 무척 크다.

지카와 쿄우지

川恭二)

리 교사. 경마와 소설이 취미인

경잡이 아저씨.

Contents

low-spec boy meets genocide-spec girl

목차

인간에게는 '천품(天稟)이나 태어나면서부터 지닌 능력'이 반드시 존재할 수 있다.

그것은 아무리 한탄해도 결코 줄어들지 않는 격차이며, 명확하게 그어진 그 경계선에 지금까지 수많은 인간이 번민해 왔고, 앞으로도 분명 변하지 않을 형태일 것이다.

컴퓨터의 가치 차이는 무엇일까.

아마도 용도나 그 사용처, 가격에 따라 가치는 변하겠지만, 범용적으로 사용되는 말을 쓰자면 역시 '스펙'일 것이다. 얼마나 많은 것을 기억할 수 있는가, 정보를 처리할 수 있는가, 표현해낼 수 있는가에 중점을 두고 개발자들은 그 스펙을 높이기 위해 힘쓰기 때문이다.

그리고 그 스펙은 인간에게도 할당되어 있다.

태어난 순간에 확정된다.

그것은 어찌할 도리 없는 성능 차이라는 것.

개중에서도 타인의 마음을 꺾어 버릴 정도로 압도적인 재능 '학살스펙'은 지극히 질이 나쁘다.

—그렇다.

학살(虐殺)스펙이다.
주위와 동떨어진 재능은 주위의 마음을 죽인다.
『같은 노력을 해도 얻는 것은 다르다』
그것만으로도 사람의 마음은 손쉽게 죽고 마는 것이다.
그리고 그들의 재능은 가혹한 현실을 들이민다.
—가지고 있지 않은 녀석은, 아무것도 가지고 있지 않다.
—하지만, 가지고 있는 녀석은 모든 걸 전부 가지고 있다.
—그런 건 당연하다.
새삼 그 부분을 왈가왈부하는 것조차 부끄러운 정론이 이 세계의 상동적인 규율이라는 것을.
게다가 거기에 운마저도 겸비한 녀석에 이르러서는 그저 실소를 금할 수 없는 정도를 넘어서서, 떼를 쓰건 발랑 드러누워 울건 아우성치건 간에 운명이라는 웃기지도 않는 사상은 강철처럼 흔들리지 않는다. 그것이— 저스펙에게는 진실이다.
뭐, 요컨대 내가 말하고 싶은 건 하나로 집약된다.
"전부 죽어버리면 좋을 텐데."
"쿠키노세, 너 제법 잘 말하는 녀석이었구나. 평범하게 깜짝 놀랐다."
방과 후.

학생 지도실.

“교실에서는 과묵하지만, 말하려고 한다면 할 수 있는 모양입니다.”

스스로도 깜짝 놀랐다.

“아니, 그렇게까지 술술 잘 떠들 수 있으면 반에서도 좀 더 이야기하라고. 언제 봐도 네 자리에서 장식물처럼 멍~하게 있잖아.”

후지카와 선생님의 지당한 정론.

그리고 정론에는 엄청나게 약하기에 나는 손목시계로 시간을 확인하는 척했다. 그리고는 손목시계를 차고 있지 않은 정도를 넘어, 애초에 가지고 있지조차 않잖아, 하고 깨닫는 과정에서 후지카와 선생님의 문답을 패스하는 데 성공했다.

참고로 눈앞에 있는 이 사람.

후지카와 쿄우지.

딱히 독실에서 둘만 있게 되어 기쁜, 여교사 같은 게 아니라 오히려 정반대라고 해야 하나. 경마와 소설이 취미라고 단언할 정도로 평범하고, 거리를 걸으면 비슷한 사람이 우후죽순 솟아나 있는 평범한 안경잡이 아저씨다. 특징은 약간 탈모가 오고 있다는 것 정도일지도 모른다.

……특징이 아니군.

어쨌든.

상황은 매우 심플하다.

이곳은 타키미사키(滝見崎) 고등학교 진로 상담실.

삼자 면담 때도 사용되지 않아서 열리지 않는 방이라 불리는 모양인데, 실로 반년 만에 봉인을 푼 것이 이번 일이다. 이유는 단순해서, 지금 책상 위에 놓인 시험지는 내 것인데 그것들 전부가 '0점'이라는 점이 이 호출의 유래이다.

게다가 한 교과뿐만이 아니라 봄 학기 테스트에서의 주요 다섯 교과, 여섯 과목의 600점 만점— 그것들 전부가 백지이고 객관식 문제조차 답을 풀려고 한 흔적은 전무.

그리고 당연하게도 그건 의도적으로 쓰지 않은 것이다.

아무리 그래도 성실하게 해서 0점은 받지 않는다.

보기에 따라서는 록(rock)한 반항일 것이다.

하지만 현실에서 그런 짓을 하는 건 단순한 바보이고,

「쿠키노세. 너, 방과 후에 진로 상담실로 와라. 무슨 짓을 한 거냐, 멍청한 녀석.」

나는 그 바보였다.

"그래서, 무슨 일입니까."

"아니 말이다, 이름조차 쓰지 않고 백지 답안을 내는 학생이라는 건 제법 위험하다고."

"위험?"

"갑자기 자살하거나 하지."

"흐음."

자살의 징후.

교육 심리학에서는 비교적 유명하다는 것 같다. 갑자기 점수가 급락하거나, 더 나아가 전부 백지로 제출하는 학생은 우울증의 알기 쉬운 전조로, 어느 날 갑자기 자살을 기도하는 경우도 있다던가.

그래서 이 면담은 카운슬링이라는 것 같다.

뭐야.

철석같이 혼이 날 거라며 긴장하고 있었는데.

그나저나—

'……자살, 인가.'

그다지 탐탁지 않은 단어.

스스로 자신을 죽이는 것.

듣고 있어도 기분 좋은 말은 아니다.

"그래서 쿠키노세를 은근 진심으로 걱정하고 있었는데 말이다."

후지카와 선생님은 시선을 움직이지 않고,

"상태를 보아하니, 너가 딱히 기운이 없는 건 아닌 듯하네. 그걸 알 수 있었던 것만으로도 선생님은 일단 안심이다."

"저, 그렇게나 위태로운 느낌으로 보입니까?"

"거울 같은 거 잘 안 봐?"

……이 사람, 꽤 신랄하게 말하는구만.

아니, 제대로 보고 있다고. 거울.

적어도 하루에 한 번 정도는.

"내일 갑자기 자살해도 아아, 역시, 하고 생각할 거다."

"그렇습니까."

"적어도 이 학교에 쿠키노세만큼 졸려 보이는 얼굴을 하고, 눈 밑에 다크서클이 낀 녀석은 없다고. 교사로서 30년, 나름 수라장을 거쳐 왔고 마음이 망가져 버린 학생도 — 그야말로 실제로 자기 손으로 목숨을 끊고 만 녀석도 봐 왔지만, 그것들을 포함해서 네 죽을상은 다섯 손가락 안에 들어간다."

"멈추질 않으시는군요."

"여러 가지로 하고 싶은 말이 쌓여 있었으니까 말이다."

"……죽을상이야 어쨌건, 이번 0점은 조금 피로해서 그런 거니까 걱정하지 않으셔도 됩니다. 다음부터는 제대로 할 테니까요."

"그렇다면 괜찮지만 말이다. 0점 챔피언."

후지카와 선생님은 후우, 하고 한숨을 내쉬었다.

"아니, 나는 입장상 학생의 성적이라든가 교우 관계 같은 것도 대체로 알고 있다고."

선생님은 말했다.

"그래서 쿠키노세가 음악과에서 보통과로 와서 성적을

유지해 온 건 진심으로 굉장한 일이라고 생각하고, 그런 탓에 그 반동으로 이런 어두운 느낌으로 무기력해져 버린 걸지도 모르지만…… 뭐, 그 부분은 시간과 함께 타협점을 찾아가도록 해라. 그런데."

후지카와 선생님은 그렇게 매듭을 짓고는,

"너, 아카미츠키 아사히라고 알고 있냐?"

그렇게 말했다.

"아카미츠키?"

"내 반. 출석번호 1번인 녀석."

"출석번호로 말해도 모른다구요……."

오히려 단번에 알아먹는 쪽이 무섭대도.

출석번호로 여자가 누군지 아는 녀석은 틀림없이 위험한 녀석이잖아.

"그래도, 항상 교실 한구석에서 멍하게 있는 너라도 아무리 그래도 이름 정도는 들은 적이 있을 거잖아. 옆 반이고, 눈에 띄는 녀석이고."

"하아, 뭐어."

이름과 얼굴 정도는, 하고 대답했다.

아카미츠키 아사히.

매우 공격적인 이름이니까 단번에 기억했다.

아마 화염 타입이겠지, 하고 생각하면서.

"이름이야 어쨌건, 그 내용물을 모르는 것 같으니까 대강 말해주도록 할까."

"부탁드립니다."

"대단한 녀석이다."

"대단한?"

"어휘가 부족해서 미안하군."

아마도 몇천이나 되는 학생을 봐 온 사람.

후지카와 쿄우지. 인생도 후반 커브에 접어들려고 하는 어른. 그러나 그런 어른이 한 명의 여고생을 가리켜 '대단하다'고 하는 건 그리 쉽게 나올 말은 아니다.

그 정도는 안다. 하지만 그런 평범한 사실조차 통용되지 않고, 그 소녀는 그저 무조건적으로 칭찬받을 정도의 겉껍데기를 지니고 있다는 의미일 것이다.

"흔해 빠진 말이라도, 그렇게 말할 수밖에 없단 말이지. 입학시험 때부터 지금까지 수석 성적밖에 거둔 적 없고, 아무리 그래도 단체 구기까지는 감당할 수 없겠지만, 테니스를 비롯한 개인 스포츠도 전국대회에서 적수가 없어서 근 1년 만에 교장실에 트로피를 12개 늘렸다."

"한 달에 한 개 페이스입니까."

"테니스가 네 개고, 그 외가 여덟 개다. 그리고 뭔가 다른 게 두 개 더."

"헤에."

실화냐.

아카미츠키 아사히.

정말로 대단한 녀석이었다.

"게다가 학교 관할인 과외 활동조차 틈이 없어서, 무엇보다 대단한 건 본인의 성격이 이미 완성되어 있다는 점이라고 나는 생각한다. 축복받은 힘에 자만하지 않고, 항상 겸허하며 자기가 감당할 수 없는 사회의 룰을 파악하며, 자신에게 요구되는 것도 항상 이해하고 있는― 그런 녀석이야."

그런 게 옆 반에 있다고 선생님은 말했다.

"굉장한 녀석이 있군요."

"부러우냐?"

"……."

대답하지 않았다.

"그건 그렇고, 시대도 변했네―. 내가 학생일 적에는 귀여운 애가 있다는 것만으로도 학교의 모든 사람들이 알고, 그 애가 누구랑 사귀고 있다든가, 그런 소문밖에 흥미없었는데 말이다. 지금은 같은 반 애조차 얼굴과 이름을 기억하고 있지 않은 녀석들이 많아. 아니, 너무 차갑잖아, 요새 젊은 애들. 좀 더 타인에게 흥미를 가지라고."

"건전하고 좋지 않습니까."

"쿠키노세는 소문에 흥미가 솟거나 하지 않냐?"

"없는 건 아니지만, 애초에 이야기할 상대가 없기에."

"친구를 만들 생각은?"

"필요가 없으니까요."

"우와, 귀찮은 녀석이구만."

성가신 녀석 취급당했다.

하지만 정말로 필요가 없다.

딱히 상관없지 않나, 하고 생각한다.

확실히 여러모로 편리하게 쓸 수 있는 인간(굳이 친구라고는 하지 않음)이 있으면 그건 좋은 일이겠지만, 딱히 학교생활에서 다른 사람의 힘을 빌려야만 하는 상황 같은 건 없잖아?

자기 일은 자기가 할 수 있고.

다른 사람의 일은 다른 사람이 알아서 해 두면 되는 거니까.

그런 대전제를 무시하고 세간의 상식만으로 친구는 많은 편이 좋다든가, 그렇게 지내면 고생한다든가 하는 식으로 다 안다는 듯이 지껄이는 녀석들이야말로 아무것도 모르는 녀석들이다.

혼자 있으면서 지금까지 고생한 적?

외롭다고 생각한 적?

—그런 적은 단 한 번도 없다.

오히려 그런 상식에 휘둘려 인간관계에 우왕좌왕하던 노력이야말로 해악이었다.

인간은 딱히 혼자라도 상관없다.

그 전제를 이해하고 있으면 혼자서도 충분히 살아갈 수 있는데도.

"뭐, 어쨌든."

선생님은 손에 들고 있던 볼펜을 빙글 돌렸다.

"가끔 있다고. 능력 면에서 명백히 일탈한, 인공적으로 만들어진 것 같은 그런 녀석이 말이지. 그래도 아카미츠키 같은 걸물은 지금까지 없었지만 말이다."

"헤에."

걸물. 그렇게까지 말하는 건가.

게다가 그런 게 같은 학년, 옆 반에서 숨을 쉬고 있다고.

—아카미츠키.

"그 녀석이, 어떻게 됐습니까?"

"어떻게라니."

"그런 완벽 인간 이야기를 일부러 이런 저한테 하는 의미 말입니다."

"딱히 의미 같은 건 없어. 그저 말이다."

후지카와 선생님은 그렇게 말하고는 내 0점 답안지를 모았다.

그리고 빙글빙글 말았다.

이어서, 내게 건네주려는가 싶더니만,

"확실히, 세상에는 어찌할 도리 없는 벽이라는 게 있지."

둘로 찢었다.

그리고 쓰레기통에 내던져지는 나의 답안지들.

"하지만, 그 벽을 멀리서 올려다보고 그 자리에서 움직이지 않는 건 죽은 자의 행동이다. 교사로서의 내 일은 학생들에게 임시방편으로 그 벽을 오르게 하는 게 아니라, 벽에 부딪혔을 때 어떻게 할지 생각하게 만드는 것이니까 말이지. 게다가 벽을 넘는 것만이 해결 방법이 아니잖냐."

"즉?"

"뛰어넘는 것만이 답이 아니라는 말이다."

결국— 그건.

포기하는 것도— 중요하다는.

—도망치는 것도.

높은 목표를 보고 눈을 감는 것도— 답이라는.

그런 말이다.

"그, 뭐냐."

선생님은 말한다.

"결국은 말이지, 안 좋은 일은 잊어버리는 게 제일인 거다. 진정되고 나서 다시 마주 보면 되니까. 네가 고개를 숙이고 교실 구석에서 공부만 하는 모습, 나는 제법 좋아했다고."

선생님 나름의 교훈인 듯했다.

장황하게 이야기했지만, 결국은 그 한마디를 하고 싶었던 것뿐일지도 모른다.

후지카와 선생님은 의자에서 덜컥 일어섰다.

"끝낼까. 너도 그만 돌아가고 싶어 하는 것 같고, 나도 할 일이 있으니까 말이다."

선생님에 뒤이어 나도 자리에서 일어나 돌아가기 위해 문으로 향했다.

"할 일이라니, 선생님은 이제부터도 일이 있는 겁니까?"

"그래. 우리 반에서 오늘 약간 사건이 있어서 말이지. 그걸 재조사하는 느낌이야."

"사건?"

"지갑을 도난당했다."

"지갑."

"그래. 그것도 우리 반 전원의 지갑이다."

그다지 즐거울 것 같지 않은 이야기를 꺼냈다.

"아, 네……, 예?!"

무심코 건성으로 넘길 뻔했으나,

"반 전원의 지갑이 도난당했다니, 큰일 아닙니까?"

"큰일이지, 아주 큰일."

선생님은 뒤이어서,

"뭐, 실제로는 1반 여자 전원이라는 의미라 인원수는 15명. 게다가 도난당한 것뿐이라면 그나마 평범한 도난 사건이었겠다만—"

선생님은 말했다.

"지갑이 말이지, 돌아왔다고."

—그러니 도난당했다기보다는 '사라졌다'고 말하는 게 올바르다.

—큰일로 번지지는 않았지만, 이라고.

"……제 독해 능력 때문일지도 모르지만, 무슨 말인지 잘 이해가 안 됩니다."

"그러니까, 돌아왔다고. 도난당했던 1반 여자들의 지갑 15개가, 아무 일도 없었던 것처럼 내용물도 그대로인 채로 전원의 가방 안에 말이다. 이상한 이야기지?"

선생님은 학생 지도실의 문을 잠그면서 말했다.

"떠올려 봐라, 오늘 5교시는 건강 진단이었잖아? 그래서 1반이랑 2반 여자는 합동이라 같은 탈의실을 썼다만, 건강 진단이 끝나고 교실로 돌아와 보니 1반 여자 모두의 지갑이 사라진 상태였던 거다."

"흠흠."

조금 흥미가 솟았기에.

이야기를 듣는다.

"당연히 학생 중 한 명이 곧바로 나를 불렀지. 그리고 내가 입회한 데서 그 자리에 있던 전원의 소지품이라든가 교실 안을 찾아봤지만, 지갑은 나오지 않아, 외부 절도범이라는 결론이 나서 방범 카메라 체크 등 대응을 어떻게 할까 결정하기 위해 학생을 대기시켜뒀단 말이지."

"그야 그렇게 되겠네요."

맞장구를 치고는,

"그래서요?"

"그사이에 지갑이 돌아왔다."

"……."

사건은 금방 결말에 이르렀다.

"교실에 돌아와서 학생을 대기시켜 뒀더니, 어느 한 명이 가방 안에 지갑이 돌아와 있는 걸 알아차렸고, 그에 뒤이어서 전원의 지갑이 자기 소지품 안에 돌아와 있다는 걸 알아차린 거야. 내용물을 조사해 봐도 돈만 훔쳐 갔다든가 하는 것도 없었어. 모두는 고개를 갸우뚱하면서, 집에 돌아가게 되었다. 이상."

"뭔가, 도중을 생략하지 않으셨습니까?"

이야기의 전개가 너무나도 급했다.

① 반 전원의 지갑이 도난당했다.

② 어디를 찾아봐도 발견되지 않았다.

③ 대기하게 되었다.

④ 기다리고 있는 그 사이에, 전원의 지갑이 가방에 돌아와 있었다.

4컷 만화처럼 끝나고 만다.

어디서 무엇이 일어났는지는 알 수 있지만, 그렇다 치더라도 이야기의 토대를 잘 알 수 없는 사건이다.

"아니, 진짜로 있었던 그대로를 말한 거다."

"정말입니까?"

"그래. 바로 그래서 이해할 수가 없는 거야."

선생님은 말했다.

"아니, 애초에— 누구도 훔칠 리가 없다고. 방범 카메라를 확인했다만, 교실로 갈 때 반드시 지나야 하는 복도에는 건강 진단 중에 단 한 명도 지나지 않았어. 여자 중 누군가가 범인이라도 소지품 검사 때는 이미 교실 밖에 가지고 나갔어야 해. 게다가 장소는 4층의 가장 안쪽 교실이다. 창문으로 들어가는 건 불가능하고, 입구에 카메라가 있는 이상 그곳은 밀실이라고 할 수 있지. 그리고, 무엇보다— 어째서 지갑이 돌아온 거지?"

"……흠."

"이런 일이 있을 수 있는 거냐. 15명 모두의 지갑이— 누구도 눈치채지 못하게 돌아오다니."

—그러니까 지금부터 영상을 다시 한번 조사하러 가는

거다.

후지카와 선생님은 그렇게 말하고는,

"그럼, 마지막으로 이걸."

"내 명함이다. 메일 주소*가 적혀 있으니까, 무슨 일이 있으면 연락해라."

"하아."

"이 자리에서도 괜찮아. 뭔가, 말해 두고 싶은 건 없냐?"

떠나갈 때— 그렇게 말했다.

'흐음…….'

나는 선생님의 명함을 집어넣으며 생각했다.

—이 사람, 다정한 사람이구나, 하고.

농담조로 말하면서도, 진심으로 걱정해 주고 있다.

그 답례 정도는, 조금은 해야 하려나.

그렇게 생각한 나는,

"선생님."

"응?"

"카메라 영상, 다시 조사해도 의미 없을 겁니다."

"……뭐?"

허를 찔린 후지카와 선생님이 멍하게 있는 사이에,

"……죄송합니다. 걱정을 끼쳐드렸네요."

---

* 일본에서 휴대폰으로 보내는 메일은 우리나라의 문자 메시지와 비슷하다.

나는 문을 닫고 아무도 없는 복도를 달렸다.

타키미사키 부설 고교.

1학년만으로 1천 명.

세 학년을 합치면 3천 명이 다니는 매머드 학교다.

반은 한 학년 30반으로 편성되고, 보통과, 스포츠과, 미술과, 음악과를 기초로 한 그 밖의 특수 학급이 여럿 뒤섞인 잡탕 같은 고등학교지만, 뭐 대다수는 평범한 고교생으로 조직되는 집단이자 역사만큼의 규모를 자랑하고 있다.

3천 명을 수용할 만큼은 되는지라 부지는 광대하다.

걸어서 횡단하는 데만도 5분은 걸린다.

동쪽에는 낭떠러지를 끼고 바로 바다가 있다.

이 바다를 본 신입생은 '아니, 보고 있는 건 폭포(滝, 타키)가 아니라 바다잖아'라며 별 재미있지도 않은 태클을 걸지만, '그게 아냐, 옛날엔 타키라는 말은 물이 잔뜩 있는 것을 의미하는 말이었으니까, 바다도 타키라고 했었다고'라는 말을 상급생에게 듣고 '우와―'하는 반응을 보이는 것이 하나의 통과의례가 되어 있는데, 실은 타키에 그런 의미는 없고, 그 정보는 옛날부터 전해진 낭설이라는 건 또 다른 이야기다.

화제를 되돌리자.

쿠키노세 이부키.

2학년 2반.

이 고등학교의 진학 클래스는 1반부터 5반까지고, 진급할 때의 성적순으로 깔끔하게 위에서부터 배정되기 때문에 2반이라면 평범하게 위에서부터 2번째 반이 된다.

이것만 말하면 '성적 좋네'라고 여겨지는 경우가 많지만, 그 부분의 사정은 저번 시험에서 전 교과 0점을 낸 참인 나에게는 언급하기 어렵고 또한 지금은 그게 허용되지 않는 상황이었다.

어째서냐면 현재 위기 상황에 직면했기 때문이다.

'우오.'

면담이 끝나고, 안뜰 자판기에서 홍차를 사고 있을 때였다.

사각이 되어 보이지 않았던 운동장에서 테니스부 집단이 다가온 것이다.

줄줄이.

남녀가 뒤섞인 십 수 명이 이쪽을 향해 온다.

아마 연습 휴식 시간이 되어 마실 것을 사러 온 것이겠지만, 아무튼 재잘재잘 웅성웅성 시끄럽기가 짝이 없어서 그 소란스러움은 어느 의미로 '인간의 안 좋은 부분을 모아 봤습니다!' 수준일 정도로 매우 불쾌한 것이었다.

거위 떼냐.

그게 아니면 개구리 합창이냐.

어째서 마실 걸 사러 가는 도중일 뿐인데 그렇게까지 떠들 필요가 있는 거지.

평범하게 학생으로 생활하고 있으면 운동부 무리와 조우하는 일은 자주 있지만, 어느 부든지 뭉쳐서 행동하고 있을 때는 매우 시끄러운데, 아무도 뭐라 하지 않고 자칫 그런 우행(愚行)이 권장되는 듯한 풍조마저 만연하고 있으니까 질이 나쁘다.

선생님들조차 주의를 주지 않는다.

오히려 '기운이 넘치는군' '열심히 하는군'이라며 중우(衆愚)들이 우쭐해지게 만드는 데 박차를 가한다.

—아아, 진짜.

귀가 아프다고.

나와 그들 중 어느 쪽이 옳고 올바르지 않은지는 제쳐두고서, 다.

적어도 내가 생각하는 건 하나.

—얽히고 싶지 않아.

전력으로 도망치자.

불쾌한 소리.

귀에 넣지 않기 위해서는 얽히지 않는 게 제일이다.

나는 반출구로 굴러 나온 홍차 캔과 거스름돈을 쥐고는 윗옷 주머니에 아무렇게나 밀어 넣은 뒤 운동장과 반대편으로 통하는 구름다리로 되돌아가 총총히 이탈했다.

사실은 가고 싶었던 방향과 정반대지만, 어쩔 수 없다.

멀리 돌아가는 것 정도는 해주마.

면담으로 지쳐 있기는 하지만, 상관없다.

저런 집단과 엇갈릴 바에야 교사(校舍) 뒤편에 모아진 폐기물을 곁눈질하며 뒷길을 지나는 편이 몇천 배 낫다. 딱히 이대로 기숙사에 돌아가도 괜찮았지만, 저런 녀석들 때문에 이제부터의 예정을 바꾼다는 게 매우 거슬렸기에 그 부분은 오기다.

초지일관.

……

살금살금 도망치는 와중에 할 수 있는 말은 아니지만.

"저기."

그렇게 생각하고 있었더니,

"어?"

등 뒤에서 갑자기 누군가가 나를 불러세웠다.

"다행이야. 놓치기 전이라서."

자판기에서 이미 멀리 거리를 두고 있어서, 방심하고 있었다.

무시할 수도 없었다.

어깨를 붙잡힌 채 가까운 거리에서 말을 걸면, 반사적으로 대답하고 만다.

"자, 두고 간 거."

손을 내민 건 머리를 하나로 묶어 올린 테니스부 부원이었다.

조금 전의 집단 속에 있던 한 명이 틀림없다.

하지만 내가 그런 학생을 보고 무심코 당황한 건— 그녀석의 외모가 원인이었다.

나도 모르게 주눅이 들고 말았다.

평범한 사람과는 매우 다르다는 것이 그 정도로 한눈에 이해되는 소녀가 그곳에 있었기 때문이다.

아름다운 그녀.

표현으로서는 그렇게 된다.

하지만 그건 단순히 외모만이 그런 것이 아니라, 몸에 두른 분위기마저 그랬기에 깜짝 놀랐다.

운동 직후임에도 불구하고 피폐한 기색은 손톱만큼도 없고, 발걸음 하나부터도 흐트러짐이 없으며, 이렇게 말을 걸어 준 것만으로도 자신과의 열량 차이를 느낄 정도로 에너지가 넘쳐나고 있다.

기운찬 스포츠 소녀— 그런 카테고리가 아니다.

좀 더, 근본적으로 다른 듯한— 무언가를 두르고 있다.

그리고 그런 그녀는 내 손을 잡고, 손바닥을 펴게 한 뒤,

"자."

찰싹, 하고 건네줬다.

10엔 동전이었다.

"……."

뭘까.

갑자기 10엔 동전을 건네주는 의미를 모르겠다.

나는 무심코, 뭔가 사 오라는 빵셔틀을 시키고 있는 건가 하고 생각했으나,

"빠뜨렸어."

"뭘 말이야."

"자판기 잔돈."

조금 전에 홍차를 샀을 때의 거스름돈이리라는 것은 이해했다. 한시라도 빨리 그 자리에서 벗어나기 위해 거스름돈을 아무렇게나 쥐었으니까, 못 잡고 빠뜨린 거겠지.

"일부러, 가져다줄 필요, 없잖아."

"무슨 말을 하는 거야. 10엔이건 1엔이건, 돈은 돈이잖아."

소중해, 라며 강조한다.

"아, 아사히!"

모퉁이에서 얼굴을 내민 다른 테니스부원이— 그 소녀의 이름을 불렀다.

아사히, 라고.

"갑자기 뛰어가길래 다들 깜짝 놀랐어."

"괜찮잖아. 이미 끝났고."

"그런 게 아니라. ……아아, 정말. 10엔 정도는 내버려 둬도 된다고 했는데."

대화를 하면서, 그 애는 마중 온 여자애 쪽으로 돌아갔다.

하지만 몇 걸음 걷고 나서, 떠올렸다는 듯이 몸을 휙 반전시키고는,

"그럼 안녕, 건망증 군."

마지막으로 멍하게 서 있던 나를 향해 손을 흔들었다.

싱긋 지어낸 미소.

10초도 채 되지 않는 대화였다.

그렇다 하더라도, 마지막에 그녀는 내게 미소를 지었다.

그건 만인의 경계를 풀 정도로 아름다운 표정이었고, 아사히라 불린 소녀— 아카미츠키 아사히는 적당한 여운을 남긴 채 시끄럽기만 한 집단 속으로 되돌아갔다.

그 후, 나는 한 가지 실수를 깨닫게 되었다.

멀리 돌아가는 길을 선택했지만, 그 도중에 테니스 코트 뒤쪽도 지나야만 하는 것이다. 그렇기에 5분 정도 걸어서 도착한 장소는 한층 시끄러운 샛길이었다.

하지만 시선을 돌린 채 그 자리를 지나려 했을 때,

"……."

문득 눈에 띄었다.

그건 벤치에 앉아 휴식하고 있는 조금 전의 집단이었다.

멀리 돌아간 나보다도 빨리 되돌아와, 구입한 스포츠 드링크나 탄산음료를 마시며 담소를 나누고 있는데, 자세히 보니 원형으로 앉아 있다.

그리고 그 중심에 있는 건 한 명의 소녀.

조금 전의 10엔 소녀.

아카미츠키였다.

'흐음.'

집단에는 반드시 리더가 존재하는 법이라, 수준이 낮은 그룹일수록 목소리가 클 뿐인 바보가 통솔하는 경우가 많다. 그러니 맨 위에 있는 사람을 보면 집단 자체의 대략적인 수준이라는 것을 알 수 있는데, 그 점을 놓고 보면 그들은 상당히 상위 집단일 것이다.

어째서냐면 저 그룹의 리더는 틀림없이 아카미츠키이기 때문이다.

생글생글, 하며.

귀여운 얼굴로 남녀 불문하고 미소를 흩뿌리며.

쾌활하면서, 품위를 손상하지 않고, 명석하게 말을 자아낸다.

모든 이가 아카미츠키를 바라보고 있었다.

얼핏 보면 팀 동료 전체가 즐겁게 지내고 있는 듯한 광경이다.

하지만 실제로는 아카미츠키가 하는 말을 들으면서, 다음으로 반응을 받는 건 자기라는 식으로 대비하는 한편, 집단으로서의 테두리를 무너뜨리지 않도록 하고 있는 것뿐이다.

아이돌이라든가.

주연 여배우가 혼자만 무대 중앙을 점령하는 것처럼.

아카미츠키가 일어나면 모두가 이동하고, 아카미츠키가 라켓을 손에 쥐는 걸 신호로 하는 것처럼 정리가 시작된다. 모든 활동의 기점이 전부 저 소녀였다.

평소의 나라면 저런 녀석은 마음에 들어 하지 않을 것이다.

하지만 아주 조금이기는 해도 입은 은혜가 있는 지금이라면, 그런 존재도 딱히 불쾌하다고는 여기지 않는다.

생각해 보면,

'……그만 가자.'

고작 10엔.

그걸 뛰어서 일부러 전해 주러 오는 사람 따위— 대체 얼마나 될까.

확실히 금전은 중요하다. 하지만 그렇다 하더라도, 어

차피 10엔은 10엔이고, 알지도 못하는 사람이 자판기에 남겨두고 갔다고 하더라도 50m나 되는 거리를 뛰어서 쫓아오거나 하지는 않는다.

누구나 머리로는 그것이 올바르다는 것을 아는 선행.

하지만 그걸 실행할 수 있는 인간은 거의 없다.

좋은 일이라는 건 쉽게 할 수 없다.

하지만 아카미츠키는— 대수롭지 않게 해낸다.

즉, 그런 선행이 당연하게 몸에 밴 '단순히 좋은 녀석'인 것이리라.

후지카와 선생님이 딱히 말을 가리지도 않고 그만큼 절찬했던 것도 이해가 됐다. 외견적인 우등생이나 리더 스타일의 인간을 많이 봐 온 선생님조차 특별시하던 이유가 있었다.

완벽한 인간.

밝고 쾌활하다.

누구나가 동경한다.

뛰어서 10엔 동전을 전해 주러 오는, 좋은 사람다운 행동을 하는 데 저항이 없는 정신성.

저런 인간도— 있는 것이다.

나한테는 너무나도 멀다.

조금 이야기한 것만으로도 알 수 있을 정도로— 좋은 녀석.

그것이 아카미츠키였다.

질투도 따라잡질 못한다.

"달다……."

그때 처음으로 조금 전에 산 홍차를 마셨다.

설탕을 바짝 졸인 것처럼 달아서, 산 것을 후회하며 코트 뒤편에서 떠나갔다.

"……으엑."

홍차, 진짜로 너무 달았다.

코트 뒤편을 떠났지만, 그래도 이대로 목적지로 가기도 뭣해서 바다가 보이는 동쪽 펜스에서 홍차를 소비하고 있었는데 500mL를 다 마시는 데 한 시간이나 걸렸다.

……익숙하지 않은 걸 사지 말 걸 그랬다.

실화냐.

같은 반 녀석들은 언제나 이런 걸 마시고 있는 건가…….

평소 사먹는 스트레이트에 설탕이 없는 것을 고르면 좋았을 텐데. 테니스부 녀석들에게 동요하여 어째서인지 본 적도 없는 걸 누르고 만 건데, 후회밖에 느껴지지 않는다고…….

게다가 시계를 보니 이미 다섯 시 반.

면담과 자질구레한 일로 시간을 낭비해 버렸다.

석양은 간신히 남아 있지만, 앞으로 수십 분도 지나지 않아 저물고 말 시각이어서, 생각해 보면 이런 곳에서 홍차를 마시며 한 시간이나 빈둥빈둥할 시간 따위 없었다.

하지만, 그렇다고 하더라도.

"……갈까."

예정을 바꾸는 것도 패배한 것 같아서 좀 그랬다.

그러니, 간다.

뭐, 가는 것 자체가 작은 오기이기에 취할 것만 취하고 작업을 조금 진행한 뒤 돌아가면 될 것이다. 딱히 아무것도 하지 않는다고 해서 타박할 사람도 없고.

그렇지만 그런 편안한 마음은 생각지도 못한 사태로 덧칠되게 되었다.

어째서냐면, 캔을 버린 뒤 향한 곳.

제3음악실— 그곳의 문이 잠겨 있지 않았기 때문이다.

'누가—'

격리동 4층.

제3음악실.

나 말고는 누구도 오지 않는다.

아니, 열쇠를 빌려 오면 누구든 들어갈 수 있지만.

그렇다고 해도, 다.

기묘한 내방자임에는 변함이 없었다.

음악과라든가 성실한 취주악부 부원은 본교사 제1, 제2 음악실을 사용하기 때문에, 이런 격리동 4층 같은 곳은 우연이라도 찾아올 일이 없기 때문이다.

타키미사키 고등학교는 윤택한 자금을 전부 활용하여 자주 교사를 개축한다.

본교사는 자동문까지 있는 선진적인 시설이지만, 철거할 비용이 없다는 이유로 방치되고 있는 이 격리동은 여전히 목조였다.

게다가 바닥이 꺼진다.

비도 샌다.

무슨 호러 하우스냐고.

고치란 말이다.

'그래도,'

쓸데없이 넓고, 비쳐 들어오는 저녁놀만이 장점인 공간.

평소에는 나밖에 오지 않는— 모두에게서 잊혀진 장소.

제3음악실.

먼저 온 손님이 있었다.

그리고 그 음악실 문에 쭈뼛쭈뼛 귀를 대어 보니—,

'이거—'

들려온 것은— 피아노 소리였다.

방음재로 소리는 확산되지 않게 되어 있지만, 그래도 교실 앞까지 왔는데 안 들릴 리가 없다. 안에서 울리는 소리는 새어 나와 복도까지 들리고 만다.

지금은 낡은 음악실이지만, 옛날에는 잘 쓰였던 흔적으로 피아노만은 그랜드 피아노가 놓여 있다. 하지만 아마도 몇 년 동안은 유지보수가 안 된 채, 조율이 대충 되어 있어 명백하게 소리가 어긋난 건반도 제법 있는 고풍스러운 장식물이었다.

그래도 그 소리는 무척이나— 아름다웠다.

판단 재료는 불과 몇 초.

그렇다고 하더라도 알 수 있었다.

마음 가는 대로 치고 있는데도— 완성된 소리라는 것을.

콩쿠르나 연탄(連彈)에서 보여줄 법한 속주는 아니고, 기술적으로는 바이엘 중반 수준도 쓰고 있지 않은— 거리에서 듣는 팝송을 카피하여 연주하는 듯한 느낌이라 콩쿠르 피아노에 익숙해진 사람에게는 소리가 부족하게 느껴진다.

그럭저럭 피아노를 쳐 온 사람이라면 음색의 수를 늘리고 싶어질 정도로, 들려오는 음색은 걸어가는 것처럼 느릿했다. 곡조만 들으면 녹턴에 가깝지만— 역시 독특하다.

무슨— 곡일까.

잠시 듣고 있었지만, 선율은 역시 처음 듣는 것이다.

그리고 선율을 모른다면 곡도 알 수 없다고 생각했지만, 반주에 귀를 기울이니 신기하게도 그쪽은 어딘가에서 들은 적이 있는 듯하여, 불현듯 무슨 곡이 떠올랐다가는 사라졌다.

'……응?'

뭐가 떠오른 건지 알 수 없었지만.

—어쨌든.

그 침입자는 호흡하는 것처럼 계속 피아노를 치고 있었다.

하지만 그대로 우두커니 서 있을 수는 없는 노릇이기에 최대한 소리를 내지 않도록 했다.

나는 교실에 들어갔다.

시각은 완전히 저녁.

비쳐 들어오는 저녁놀.

그걸 정면에서 받는 그녀의 옆모습은 꺼림칙할 정도로 무표정했다.

덧붙여, 소리에 섞여 이쪽이 들어왔다는 것을 전혀 알아차리지 못한 채, 신경 쓰지 않고 계속 손가락을 움직이고 있다. 나도 피아노를 쳤던 사람이기에 알 수 있지만, 방해받고 싶지 않을 때는 왠지 모르게 그런 '가까이 오지 마 오라(aura)'를 내는 게 연주자라는 존재라, —그녀에게서는 그걸 느낄 수 있었다.

그래서 말을 걸 필요도 없겠거니 싶어서.

내가 책상 위에 짐을 올려놓았을 때였다.

『기묘한 조합』이 있다는 것을 나는 그제야 알아차렸다.

'……하?'

교실에 설치된 스크린.

거기에 어떤 게임 화면이 크게 비치고 있었던 것이다.

'으응?'

PC 게임.

뭔가, 갑자기 다른 문화가.

피아노를 치는 소녀와는 너무나도 어울리지 않는 것이자,

'뭐지, 이거—'

수업용 프로젝터는 총을 든 남자들이 발호하는 온라인 게임을 비추고 있었다. 회선을 써서 인터넷 대전을 하고 있었던 모양이라, 채팅이 갱신되며 화면에 「WIN」이라고 크게 표시되어 있었다.

피아노.

온라인 게임.

'아니…… 딱히 어느 쪽이 고상하다든가 그런 말은 하지

않겠지만.'

피아노도 게임도, 괜찮다고 생각한다.

그렇지만 아무리 그래도 문화 활동으로서 종류가 너무 다르지 않나?

피아노를 치고 있는 녀석— 아니, 이제 분명히 말해 버리겠다만, 멋대로 문을 열고 피아노를 치고 있는 침입자는 불과 한 시간 정도 전에 얼굴을 봤던 참인,

'어째서 이 녀석이.'

아카미츠키였다.

후지카와 선생님이 '완성되어 있다'고 말한 소녀.

2학년 1반, 출석번호 1번.

언제나 즐거운 듯이 웃고 있으며.

어디에 있든지 모두의 리더이자 10엔 동전을 뛰어서 전해 주러 오는, 성격마저 완벽한 녀석.

조금 전에 봤을 때도 홍차처럼 달콤한 미소를 흩뿌리고 있었다.

하지만— 지금 이 순간에 한해서는,

'어째서, 여기에.'

지루해 보이는 얼굴로 건반을 두드리고 있었다.

완벽한 소녀.

타인의 마음을 죽일 정도의 재능— 학살 스펙을 가진.

아카미츠키 아사히.

'이 녀석이—'

이 게임을 켜 놓고 있는 건가? 방금 테니스부 활동이 끝나고 나서 설치하기에는 시간적으로 무리니까, 어제부터 침입한 거겠지. 나는 주말까지 학교에 오는 근면한 인간은 아니지만, 테니스부 활동을 하는 아카미츠키라면 휴일에도 학교에 올 테고.

게다가 이 침입 자체도 아마 아카미츠키의 독단이다.

주변을 둘러봐도 이 방에는 그 녀석 말고 다른 사람은 없다.

테니스부 녀석들과 장난삼아 침입해 온 건 아니리라.

그런 생각들을 하고 있던— 그때였다.

'어……?'

아카미츠키가 연주하는 피아노 소리가 딱 멈췄다.

뭐야, 이쪽을 알아차린 건가 하고 생각했지만 그건 완전히 잘못 짐작한 것이었고, 그녀는 수수께끼의 곡을 아무렇게나 다 친 후에 이쪽을 일별하지 않고 서쪽 창문으로 걸어갔다.

나는— 그 뒷모습을 보고 있었다.

"후우."

아카미츠키가 한숨을 내쉬고는 창문을 열었다.

서쪽에서 부는 바람이 들어온다.

그것은— 방에 가득 찼다.

5월 초순이지만, 조금 따뜻한 바람.

그 바람을 쐬며 아카미츠키는 창틀에 손을 걸치고 다리를 확 올렸다.

그리고 휙 올라갔다.

창틀 위에 똑바로 섰다.

음악실에 비쳐 들어오는 저녁노을이 그녀의 그 모습을 비추어, 마치 기회를 잰 듯한 연출이었지만 아카미츠키에게 그런 의도는 없다. 단지, 가지고 있는 운이 그렇게 아름답게 연출시키는 것이리라.

태양과 나란히 서서도 여전히 눈에 띄는 용모.

뒤쪽에서 높이 묶은 긴 머리카락은 바람에 살랑살랑 나부끼고, 누가 입어도 촌스럽게 보이고 마는 이 학교의 교복조차 완벽하게 소화하는 스타일과 내면에서 넘쳐나는 압도적인— 붉은색 자신감.

인정하고 싶지는 않다.

하지만, 다시금 느끼게 된다— 정말로 귀엽다고.

그런 그녀는,

"……눈부셔."

그 한 마디를 마지막으로 창문에서 몸을 던졌다.

"……!!"

기우뚱, 하며.

지상 20m 높이에서.

완벽 소녀— 아카미츠키 아사히는.

눈 아래의 아스팔트로 낙하하기 시작한 것이다—.

"——큭!"

이때의 내 행동은 그야말로 반사적이었다고밖에 말할 수 없다.

전혀 전조가 없는 행동.

갑자기 실행된— 아카미츠키의 자살.

그리고 아카미츠키가 몸을 기울이기 시작한 그 순간, 멋대로 움직이고 있던 내 몸은 그녀에게 똑바로 향함과 동시에 어떻게 해야 할지에 관한 답을 곧바로 내놓아야만 했다.

—몸을 붙잡는다?

무리다.

아카미츠키는 자신의 몸을 완전히 내던졌다.

제때 맞출 수 없다.

—쿠션이 되도록 밑에 무언가를 던진다?

바보냐!

가능할 리가 없잖아!

그리고 세 번째 안을 떠올렸을 때는 이미 난 졸책을 실행할 수밖에 없게 되었다.

나는 창틀에 발을 걸치고는 용수철처럼 최대한 힘을 주

었다.

그리고, 걷어찼다.

아카미츠키의 등을.

공중에서.

있는 힘껏.

뼈가 부러질 정도로.

"커헉!"

제아무리 아카미츠키라도 예상 밖이었던 모양이다.

발차기를 등에 맞아 여자애라고는 생각되지 않는 목소리를 내며, 걷어차인 기세를 더해 낙하하기 시작했다.

참고로 이건 자살 방조를 했다든가, 열 받았으니까 등을 걷어찼다든가 하는 그런 게 아니라 단순히 걷어찬 방향에 쿠션— 수영장이 있기 때문에 그렇게 한 것이다.

아카미츠키는 격리동과 수영장 사이에서 죽으려 하고 있었다.

하지만 그 기묘한 위치 관계가 그녀의 운명을 가르게 되었다.

서쪽 창문에서 수영장 수면까지의 수평거리.

대략 5m.

12m의 거리를 자유낙하하는 데는 2초도 걸리지 않기에

몸이 닿을지 어떨지 알 수 없었지만, 내 순간적인 근력은 얕볼 수 없는 위력을 발휘하였고 결과적으로 그건 훌륭히 성공했다.

그리하여,

"……!"

아카미츠키는 하늘을 날았다.

포물선을 그리며 음악실에서 수영장을 향하는 형태로.

낙법을 취할 틈도 없이, 그녀는 허공을 날아가며 낙하한다.

몇 초 뒤, 기세 좋게 수면에 내동댕이쳐졌다.

상당히 아팠던 모양이다.

착수와 동시에 "꺄앙."하는 소리가 들려왔다.

등부터 착수했기에 얕은 수영장이라도 바닥에 부딪치지는 않았다.

아카미츠키는 곧바로 회복했다.

가라앉은 곳에서 얼굴을 첨벙 들어 올린 뒤, 수면에 떠올라 수영장 바닥에 발을 딛고 머리카락을 쓸어올린다. 평소에는 운동부 녀석 따위 전부 죽으면 좋겠다고 생각하는 나지만, 5월의 이 시기에 타키미사키 고교 수영부가 물을 채워 놔서 정말로 다행이다.

"—아니, 진정하고 있을 때가 아니지."

나는 그제야 겨우 음악실에서 뛰쳐나갔다.

이런 곳에서 멍하게 있는 건 분명 올바르지 않은 행동이다.

3층, 2층을 뛰어 내려가 아카미츠키가 낙하한 수영장으로 서둘러서 갔다.

거리는 결코 멀지 않다.

1분도 걸리지 않았다.

그리고, 도착했다.

아카미츠키—.

흠뻑 젖어 있는.

그 소녀에게.

"어이, 괜찮냐."

아카미츠키는 이미 수영장 사이드로 올라와 쫄딱 젖은 채로 가만히 서 있었다.

뛰어서 다가갔다.

수면이라고는 해도 건물 4층에서 떨어진 것이다.

당연히 부상 걱정쯤은 한다.

"어디 심하게 부딪친 데는 없어? 지금은 설 수 있는 것 같다만."

그리고,

"저기."

아카미츠키는, —입을 열었다.

"날 민 건, 너야?"

그 물음에,

"아아, 뭐…… 정확하게는 찬 거지만."

대답하고 말았다.

—바보처럼 솔직하게.

아카미츠키의 음색이 이미 예리하게 변하고 있다는 것을,

"흐음, 조금 전의— 10엔 동전 군, 이네."

—알아차리지 못한채.

"몸은 괜찮아?"

"뭐…… 괜찮으려나. 이상한 고통은 없는 느낌."

팝(pop)한 어조.

수영장 사이드에서 넘어져 물에 빠지고 난 뒤 같은.

하지만, 다르다.

아카미츠키는 지금 막— 죽으려고 했다.

그건 틀림없다.

하지만 나는 거기에 어떻게 대응해야 할지 모른다.

어떤 말을 건네야 할지, 망설이고 또 망설인다.

하지만, 역시나 빈말 같은 건 불가능해서.

"……일단, ……양호실이라든가, 가는 편이 좋겠다. 만일의 경우가 생기지 않을 거라는 보장은 없고."

"괜찮아."

"가도 손해는 없다는 이야기야."

"멀쩡해."

"그러니까."

"괜찮다니까."

그때였다.

입씨름이 되려나, ―하고 생각한 그때였다.

아카미츠키가 아래쪽을 봤다.

갑자기 허리를 휙 굽혔기에,

'응? 갑자기 왜 그러지―'

―하고, 태평하게 생각한 순간이었다.

"이렇게나, 기운 넘치니까."

"뭐?"

내 전신이 흠뻑 젖었다.

"……."

어떻게 된 것이냐 하면, 아카미츠키는 내 위치를 파악함과 동시에 발치에 놓여 있던 양동이를 휙 들어 올려 그 안에 든 것을 있는 힘껏 내게 쏟아부은 것이다.

좀 더 알기 쉽게 표현할까.

물을 내게 끼얹은 것이다.

"……."

노린 곳은 얼굴.

안에 든 것은 수영장 사이드에 놓인 양동이에 방치되었던 물.

즉, 오수.

대략 4L.

제대로 직격.

……물벼락을 맞았다는 그런 가벼운 표현으로 정리하고 싶지 않다.

"봐, 기운 넘치잖아?"

"……."

언제나 생글생글 웃는 소녀 같은 건 그곳에 없었다.

내 앞에 서 있는 인간에게 따뜻한 우호성 따위 단 한 조각도 없었다.

있는 것은 냉담한 시선과,

"인간한테도 말이야, 농도라는 게 있다고 생각해."

담담한 기계의 차가움.

아카미츠키— 자살을 방해받아— 머리끝까지 화가 난 소녀.

"그야말로 그쪽에 있는 물이나 공기처럼 말이야. 희박한 인간한테 섞이면 그 인간의 색깔은 희미해지고, 진한 인간에 섞이면 희박한 인간한테도 진한 인간의 색이 옮아

간다는 거지."

그런 말을 하면서,

"그래서, 내 자살을 방해한 사람은, 나한테 어떤 색깔을 주는 걸까."

물을 잔뜩 머금은 교복을.

학살 스펙— 모든 재능을 지닌 소녀, 아카미츠키는.

성가시다는 듯이, 젖은 옷을 철벅철벅 움직이고 있었다.

—자, 그런데.

목숨을 구해준 상대한테 갑자기 물을 끼얹는.

거친 겨울 바다 같은 이 여자.

아카미츠키 아사히에 관해 이야기할 때, 무시해서는 안 되는 것은 역시 그 재각이겠지만, 내가 구태여 강조하고 싶은 점은 이 녀석 자신의 캐릭터에 문제가 있다는 사실이다.

바로 조금 전에 후지카와 선생님이 그녀의 이름을 꺼냈을 때, 나는 그녀에 관해 전혀 모르는 듯한 언동을 했고, 자판기 잔돈을 전해 줬을 때도 처음 만나는 것처럼 반응했지만, 결과적으로 그것은— 거짓말을 한 것이 된다.

오히려 반대다.

나는 잘 알고 있었다.

아카미츠키 아사히— 그녀의 존재를, 옛날부터.

그 경위를 간단히 이야기하도록 하겠다.

확실히 이렇게 직접 아카미츠키와 대화하는 건 바로 조금 전이 처음이다.

그러나 아카미츠키의 존재를 안 것은 초등학교 1학년, 일곱 살 때의 여름이다.

즉, 상당히 예전이다.

솔직히 지금에 와서는 완전히 기억이 애매모호한 무렵이지만, 그래도 선명하게 기억하고 있는 것은 같은 초등학교였던 아카미츠키가 당시의 담임 선생님한테 불현듯 물어봤다던 말.

『제가 할 수 없는 것이 있나요?』

아카미츠키는 어느 날 그렇게 말했다고 한다.

그리고 그 말에 선생님은 말문이 막힌 뒤, 한참 고민하고 대답했다.

『언젠가 찾을 수 있다면 좋겠구나.』

그렇다.

아카미츠키는— 뭐든 할 수 있었다.

그것도 요령껏 약삭빠르게, 정도가 아니다.

그렇게 적당히 어물어물 넘기는 방식 따위 하지 않는다.

아카미츠키는 진짜배기이자, 초현실 덩어리였다.

재능의 발로 같은 단계는 거치지 않는다.

처음부터 풀 스로틀이었다.

한번 손을 대면 그 방면의 재능 있는 사람조차 손쉽게 웃돌 정도의 성장성과 농축된 숙달, 마지막으로는 그녀가 가지고 있던 운으로 진정한 정점에 올라 그 방면에서 재인(才人)이라 불리던 사람들조차 쓰러뜨리는 존재— 마음의 학살자가 되는 것이 줄곧 이어진 그녀의 생활이었던 것이다.

그것이 아카미츠키였다.

그녀의 재능은— 터무니없는 악성이었다.

이건 어디까지나 나의 개인적인 느낌이지만, 어느 세계에서든 상위층에 파고들거나, 그 나름의 인물이 되는 건 그렇게까지 어려운 일은 아닐 거라고 생각한다. 그 나름의 노력과 올바른 과정을 거치면 소위 말하는 평균적인 인간이 다다를 수 있는 곳은 많을 것이다. 하지만 거기서부터 한층 더 올라가— 바로 유일한 정점쯤 되면 그야말로 차원이 바뀐다.

즉, 재능뿐만이 아니다.

환경.

운.

하나를 손에 넣는 것만으로도 애를 먹는 그 요소들이 여럿 갖추어져야 비로소 달성되는 세계가 있다.

하지만 아카미츠키라는 소녀는 그 영역에 손쉽게 도달하고 만다.

그런 기구한 능력을 가지고 있다.

무슨 이런 민폐가 다 있어!

실제로 초등학교부터 포함한 학교생활이 시작된 이후로, 아카미츠키가 공부라는 이름이 붙은 것에서 1등을 놓친 적은 없고, 그에 요하는 노력도 타인과 비교하면 너무나도 적었다.

내가 몇백 시간이나 공부하여 임한 시험.

시작 5분 전에 교과서를 넘겨봤을 뿐인 그녀에게 큰 차이로 졌다.

내가 반년 동안 연습하여 도전한 피아노 수상 대회.

문득 아카미츠키가 '나도 나가 볼까'하고 편의점 가는 느낌으로 연습한 곡으로 그녀가 우승했다.

—이런 사례들은 극히 일부.

이루 다 말할 수 없을 정도로 아카미츠키는 어릴 적부터 그녀의 재능을 주위에 뿌려 대는 존재였다.

그것은 고등학교에 들어가고 나서도 여전히 건재했다.

계속해서 천성대로 행동해 왔다.

다행인지 불행인지 초등학교, 중학교, 고등학교를 전부

같은 곳을 나왔으면서도 같은 반이 된 적은 없기에 연결점 같은 건 일절 없었지만, 그렇다고 하더라도 알고 있었다.

누구나가 아카미츠키 이야기를 하고 있었기 때문이다.

싫어도 들어오는 정보였기 때문이다.

변하지 않는다.

변하려고 하지 않는다.

아카미츠키— 저 소녀는, 쭉.

고등학교에 진학하고 나서도 농담처럼 전국 모의고사에서 1위를 연발하고, 어떤 과제도 해낸다.

타키미사키 고등학교 특별 진학 코스.

그곳에서도 발군의 학력을 계속해서 독점했다.

운동도 마찬가지라 순수한 체형이나 근력이 좌우하는 경기가 아닌 한 그녀가 누군가에게 뒤처지는 일은 결코 없으며, 게임이나 예능 등도 손쉽게 정점에 올라서고, 인간관계나 커뮤니케이션 능력에서도 탁월한 카리스마성과 문제해결 능력을 자랑하는 악마였다.

말인즉, 절대적인 강자.

타인의 노력을 비웃을 수 있는.

학살 스펙을 지닌 하이엔드.

그야말로 재능 몬스터.

게다가 외모도 귀엽고 남을 대하는 태도도 좋다.

한 치의 빈틈도 없는 미소녀.

그것이 이 '아카미츠키 아사히'를 구성하는 대부분이었지만,

"……온풍기, 쓸까."

"응. 그보다, 이 방은 뭐든 있네."

그런 아카미츠키는 현재 내 눈앞에 있었다.

쫄딱 젖은 옷을 말리기 위해.

장소는 되돌아와 제3음악실.

나와 아카미츠키는 온풍기로 몸을 말리고 있었다.

이 방은 거의 창고이기에 체육제 등의 이벤트에서만 쓰는 물건이 놓여 있다.

구형이지만 잘 움직여 주는 온풍기.

시험 삼아 전원을 켜니 한여름을 연상케 하는 강풍이 발동됐다.

몇 분 지나자 옷은 마르기 시작했다.

그리고,

"쿠키노세 군."

의외였던 것이, 아카미츠키가 내 이름을 알고 있었다는 점이다.

거듭하여 말하지만, 오늘까지 이야기한 적은 한 번도 없

다. 조금 전에 10엔 동전을 전해 주러 왔을 때 이름을 부르지 않고 '저기'라고만 했기에 이름 같은 건 파악하고 있지 않다고 생각했었다.

아카미츠키와 다르게 나는 유명인도 뭣도 아니고.

하지만 그것은 내 지레짐작으로,

"……뭔데."

"이 방은 쿠키노세 군이 항상 혼자서 쓰는 느낌이야?"

아카미츠키는 당연한 것처럼 내 이름을 입에 담았다.

"적어도 나 말고 다른 사람은 본 적 없어."

"흐음. 수업에서도 안 쓰긴 하니까 말이지."

격리동은 그런 존재다.

신교사가 완성되어, 완전히 형체만 남아 있는 상황이다.

하지만 방범 대책으로 보안 시스템을 설치해 뒀기에 한층 쓸데없는 짓의 극치이자, 옛날에 이곳에 침입하려 한 학생이 보안 장치에 걸려 한바탕 소란이 벌어진 적이 있다.

돈을 쓰는 부분을 영 알 수 없는 학교다.

"아니, 그런 건 아무래도 좋으니까."

나는 말했다.

본론이다.

"아카미츠키, 어째서 투신 따위 한 거야."

"딱히~."

"말끝 늘리지 마."
"딱~히."
"……."
늘리는 부분을 바꾸라는 의미가 아니라고.
아니……, 단순히 놀림을 당하고 있는 거겠지.
아카미츠키에게 이러쿵저러쿵 말하고 있긴 해도, 나는 뼛속까지 평범한 인간이기에 상당히 쭈뼛쭈뼛하면서 그녀의 기색을 살피며 말하고 있다.
그렇지만 아카미츠키는 무척 태연한 태도기에, 솔직히 말해 도리어 이쪽이 갑갑해지는 느낌이었다.
왠지 모르게, 투신 같은 짓을 했으니 어두운 기색이라든가, 평소의 밝은 느낌에서 일변하여 다크한 일면을 드러내는 것 아닐까 하는 생각을 멋대로 하고 있었는데.
무거운 문제……, 라도 끌어안고 있는 거라고 생각했는데.
'어쩌라는 거지…….'
알고 있는 건 하나뿐.
그것은 아카미츠키는 학교생활에서는 '연기'를 하고 있었다는 점이다.
연기하는 우등생.
가면을 쓴 채.
언제나 생글생글 즐거운 듯이 있는 모습밖에 본 적이 없는데도, 지금 이 상황에 이르러서는 오히려 실없이 웃으며 놀리고 있는 모습이다. 하지만— 진짜 미소 같은 건 손톱만큼도 띠지 않는다.

무뚝뚝한 얼굴은 아니지만, 붙임성은 완전한 제로.

차가운 분위기.

가벼운 건 어조뿐.

그런 완벽 소녀의 낌새는 물웅덩이에서 넘어진 정도의 분위기이기에,

'아, 진짜. 영문을 모르겠네…….'

나는 혼란스러워하고 있었다.

하지만 뇌리에 되살아나는 아카미츠키의 투신 장면.

그건— 절대로 잘못 본 게 아니었다.

사고가 아니었다.

아카미츠키는 틀림없이— 죽으려 했었다.

"……아카미츠키."

"왜."

그렇기에,

"어째서, 투신 같은 짓을, 한 거야."

나는 살며시 핵심을 건드리기로 했다.

그리고 그에 대해,

"그러니까."

아카미츠키는 대답했다.

"조금 전부터 말하잖아. 딱히 이유 같은 건 없다고."

"없다니, 그럴 리가……, 아."

내가 멋대로 헤아리는 것과 동시에.

"아니, 말하기 껄끄러운 일이라든가 별로 그런 거 아니거든."

그런 나의 심정을 한층 더 헤아려서,

"의미 같은 건, 정말로 없대도."

아카미츠키는 자신의 말을 선행시켰다.

"내가 뛰어내린 것에 그런 깊은 사정 같은 건 정말로 없어. 집이 빚을 졌다든가— 뒤에서 괴롭힘을 당하고 있다든가— 뭔가 창피한 비밀이 다른 사람 손에 쥐어져 있다든가— 그런 명확한 인과관계로 연결된 건 없어. 내가 이런 말을 하는 것도 뭐하지만, 내 명성이나 평판은 이 학교에 다니고 있다면 조금이나마 알고 있을 테잖아?"

"진짜로 자기가 말하기엔 뭐하네."

"그래도, 알고 있지?"

"……그건, 뭐어."

뭐든 할 수 있고.

뭘 해도 칭찬받고.

누구한테서나 사랑받고.

언제나 생글생글 웃고 있고.

어떤 인물의 평가든 매우 높다는 것—.

그것이 눈앞에 있는 이 녀석이다.

하지만,

"나는 평소와 같아. 네가 생각하고 있는 대로의 아카미츠키 아사히라는 데 변함은 없어."

"그러면."

"변하지 않았으니까, 나는 뛰어내린 거야."

아카미츠키는 자살하려고 했다.

스스로, 자신을 죽이는 짓을 했다.

죽음을— 바랐다.

"그러네, 정말로 똑같아. 평소대로였어."

하지만 아카미츠키는—.

여전히 밝은 어조로 말하는 것이다.

"2학년이 되어도, 걷고 있는 것만으로도 반 애들은 가까이 다가오고, 시험은 펜을 움직이기만 할 뿐인 시간이고, 테니스 시합에는 절대로 지지 않고, 선생님한테서는 의미도 없이 칭찬받고, 최후의 보루라고 생각했던 게임 역시 한 번도 두근거림을 느끼지 못한 채 끝나버렸어."

"게임?"

"뒤에 있는 저거."

그 말을 듣고 그제야 겨우 존재를 떠올렸는데, 음악실 스크린에는 계속 게임 화면이 비치고 있었다.

솔직히 까먹을 뻔했지만 여기서 이어졌다.

유행 중인 인터넷 게임.

처음에 봤을 때부터 뭔가 싶었는데, 역시 아카미츠키가 설치한 모양이다.

듣자니 그저께 토요일에 이 방을 발견하여 마침 괜찮다 싶어 기재를 가지고 들어와 게임을 하고 있었고, 그대로 방치 중이었다는 건가.

아니, 그보다.

"안 되잖아. 학교에 PC게임을 반입하면."

"요 한 달간 이 게임에 푹 빠져서, 무심코."

"무심코라니."

"일단 이거 세계대회 결승이었으니까."

—세계.

시원스레 말해 버리고는.

"뭐, 결승이라고 해도 여느 때랑 다를 거 없었지만."

그 말을 듣고 화면을 잘 보니, 오른쪽 끝부분에 비치고 있는 건 이 게임의 중계 회장이었고, 결승을 제패한 'asa'라는 이름이 표시되어 있었다. 그 플레이어 정보와 조작 캐릭터는 아카미츠키가 현재 표시하고 있는 캐릭터와 완전히 일치하고 있다.

그리고, 확인을 위해서 말하지만— 이건 전 세계에 수백만 명의 플레이어가 있는 게임.

예사로운 인원수가 아니다.

정점에 올라서려면 얼마나 많은 승리를 거듭해야 하는지조차 알 수 없다.

하지만 그 세계대회를 제패하고.

게임이라고는 해도 세계 제일이 된 후에, 감정조차 담지 않고.

"그래도, 이젠 됐으려나. 솔직히 공부에 질려서 시작한 것뿐이니까."

아카미츠키는 여느 때와 다를 게 없다고 한다.

"이걸로 일단락되었고, 솔직히 질렸으니까. 뭐, 그대로 테니스부에 남아서 시시한 이야기를 계속 듣는 것보다는 약간 낫긴 하지만— 역시, 지루해서."

"……."

"그때, 왠지 모르게 생각한 거야— 투신이라도 해볼까, 하고."

"……! 너, 겨우 그런 걸로."

"그런 거?"

아카미츠키는,

"사람이 죽는 데 그렇게까지 훌륭한 이유가 필요해?"

갸우뚱하며.

어린애가 어째서 자기가 혼나는 건지 모르겠다는 듯한 표정을— 지었다.

"……."

나는 아무 말도 할 수 없었다.

아니— 어쩌라는 거냐고.

그녀가 하는 말도, 그녀의 심지도 틀림없는 진짜배기다.

정말로 한 달 전부터 이 게임을 시작했고, 그러면서도 손쉽게 수백만 명을 제치고 정점에 올라섰으며, 마지막에는 위에서 내려본 뒤에 '질렸어'라며 선뜻 내던졌다.

그러고 나서 특별히— 이유도 없이.

죽으려고 했다.

질린 게임을 버리는 것처럼.

"절망은 죽음에 이르는 병이라고 하는데."

아카미츠키는 지루한 듯이 그렇게 말했다.

"아마 인간이라는 건 그렇게까지 심하게 몰아넣지 않아도 쉽게 죽어 버리고, 사라지고 마는 존재겠지. 목숨이라는 건 드는 방법에 따라서는 한없이 무거워지겠지만, 쉽게 드는 요령을 파악하면 반대로 한없이 가벼워져."

"요령이라니……."

"간단해. 마음을 먹는 법도 게임이랑 같아. 아주 조금만, 여타 사람과는 다른 걸 생각하는 것뿐이야."

"허무해지지 않아?"

"허무하지는 않지만, 지루하단 말이지."

그래서— 살아가는 걸 그만두려고 생각했다고.

그것이— 이 악마의 사고.

여느 때와 다름없는 일.

이 녀석이 지금까지 살아옴으로써 대체 몇 명의 마음이 죽어 왔을까.

그 사람들은—.

이 녀석의 웃기지도 않는 재능에 마음이 학살당한 그들은 다시 일어설 수 있는 것인가.

이 악마가 쓰레기처럼 버린 승리를 주울 수 있을 것인가. 아니, 그런 건 내가 생각할 일이 아니다. 오만이다. 나는 아무것도 할 수 없다.

인간은 항상 혼자니까.

—그러니 부조리한 승리자가 있다고 해도.

쉽사리 자신을 앞질러 버리는 녀석이 있다고 해도.

그 녀석이 그저 '질렸다'라는 것뿐인 이유로, —인생을 버리려고 할지라도.

쓰레기통에 버리는 것처럼 목숨을 내던진다고 할지라도.

—불평할 수 있는 도리는 전혀 없는 것이다.

'없겠, 지…….'

그런 생각을 하는 사이에, 젖어 있던 내 옷 쪽은 완전히 말라 있었다.

—하지만.

'어쩌면 좋은 건데.'

아카미츠키와 대화하고 나서부터 잠시 침묵의 시간이 이어지고.

나는 단순히 곤란해하고 있었다.

어떻게 하면 좋은 걸까.

이후에 어떻게 움직여야 할지, 전혀 알 수 없다.

정말로 모르겠다.

자살하려고 했던 아카미츠키를 구한 건 좋다.

—좋다고 치자.

하지만 이제부터 어떻게 행동하면 좋은 것인가.

아무도 가르쳐주지 않기에, 나는 움직이지 못하고 있었다.

일단 지금은 '아카미츠키가 옷을 말리는 시간'이라는 대의명분이 있다. 그러니 딱히 움직이지 않아도 괜찮지만, 그녀가 옷을 다 말린 순간, 나는 그녀에게 어떠한 액션을 취해야만 할 것이다.

그렇지만, 어떤 행동이 올바른 것인가.

그것을 전혀 알 수가 없다.

—목숨의 소중함이라는 걸 설명해야만 할까.

—인생은 분명 즐거울 거야, 그렇게 말해야만 하는 걸까.

—죽는 건 아깝다고 설득하는 것이 정답인가?

……아니, 어느 것도 정답이 아니라는 건 안다.

도덕 수업이냐고.

애초에 나 자신이 그런 생각을 전혀 하고 있지 않은데.

마음에 울릴 리가 없다.

그러나, 그렇게 번민하고 있을 때였다.

"쿠키노세 군은 항상 여기서 피아노 치고 있어?"

"어, 아, 효."

"효?"

"잊어줘."

아카미츠키 쪽에서 먼저 말을 걸었다.

"피아노는—"

나는 말문이 약간 막혔다가,

"……안 쳐. 여기서는 항상 빈둥빈둥하고 있을 뿐이야."

"흐음."

"그러는 아카미츠키는 피아노, —"

중간에 말을 한번 끊었다가 계속했다.

"피아노를 잘 치는 것 같네. 조금 전에 밖에 있었을 때 들렸어."

"건성으로 치는 거지만 말이야. 마지막으로 피아노를 만진 것도 언제였는지 모르겠고."

"건성이라도 상관없어. 아름다웠어. 정말로 잘 치는 녀석만이 낼 수 있는 소리였어."

"고마워. 하지만 그렇게 특수한 건 하지 않았어. 연습 같은 거 하지 않아도, 옛날부터 무슨 악기든 대체로 칠 수 있었으니까."

이건— 잘 알고 있다.

콩쿠르에 별안간 휙 나타나는 너를 몇 번이나 봐 왔으니까—.

"하지만 여긴 정말로 악기를 두는 곳이 아니네…… 음악실인데 상관없는 것투성이고, 창고 같은 데다 습기도 엄청나고, 중요한 악보도 잡지 속에 파묻혀 있고 말이야……, 우와, 현악기 파트 악보랑 총보(總譜)도 세트로 방치되어 있잖아!"

"3학년들이 은퇴해서 부원들이 바뀔 때 남은 3학년 물건은 여기로 옮겨지니까 말이지."

"믿기지 않아……, 조금 정리할 건데, 괜찮아?"

"아아, 그건 뭐, 얼마든지."

정리. 과연.

아무래도 아카미츠키는 책이나 악보가 흐트러진 것을 좋아하지 않는 모양이다.

옷도 거의 다 말랐는지, 난잡하게 방치된 서류나 악보를 척척 정리해 나갔다.

그리고 그 모습을 바라보며,

'……여기라면 안 보이려나.'

숙고 끝에 나는 휴대폰과 명함 한 장을 꺼내 거기에 적힌 메일 주소— 후지카와 선생님에게 보내는 문장을 입력하고 있었다. 결국 자살하려고 한 아카미츠키에게 나로서는 어떻게 해야 좋을지 알 수 없어 후지카와 선생님에게 알리기로 한 것이다.

타력본원(他力本願)이다.

하지만,

'……어쩔 도리도 없고 말이야.'

탁탁, 하고.

나는 통보 메시지를 몰래 작성했다.

아카미츠키가 악보를 정리하느라 한눈을 팔고 있는 지금이 기회.

전문가에게 부탁하는 것이 무슨 일이든 확실할 것이다. 후지카와 선생님도 나랑 이야기했을 때 자살에 관한 것 등을 걱정하고 있었고, 학생이 자살하려고 했다고 말하면 후다닥 달려와 줄 것이다.

나는 탁탁, 하고 책상으로 가려진 상태에서 키패드를 눌렀다.

『죄송합니다. 상담하고 싶은 게 있습니다. 쿠키노세.』

처음 한 통은 그 말만 적었다.

『지금 격리동 제3음악실에 있습니다.』

뒤이어서 나는 본론을 입력해 나갔다.

『거기서 아카미츠키가 자살하려 하고 있었습니다.
투신자살입니다.』
아직 보내지는 않았다.
용건은 하나로 연결한다.
『사고가 아니라 본인의 의사로 죽으려 하고 있었습니다.
저로서는 감당할 수 없습니다.
그러니 선생님의』
거기까지 입력한— 그때였다.
"뭘"
등 뒤—.
—오싹, 하고 전신에 소름이 돋았다.
아니, 목소리가 난 건 등 뒤가 아니라 바로 옆이었고—
"하고 있어?"
아카미츠키가 들여다보고 있었다.

충격.

"크, 악!"

"흐음. 의외로 빈틈이 없네."

나는 바닥에 패대기쳐졌다.

아카미츠키가 내 발을 후리고, 머리카락을 붙잡아 자빠뜨린 것이다.

몸통을 부딪쳐 무지막지한 격통이 온몸을 타고 달린다.

숨이 막히는 고통.

수년— 아니, 언제 이후인지도 모르는 전신에 가해진 충격.

하지만 그걸로 괴로워할 시간조차 없었다. 물 흐르듯이 나를 패대기친 아카미츠키는 그대로 내 휴대폰을 빼앗는 것과 동시에 제압하는 것처럼 내 가슴 위에 올라탔기 때문이다.

확, 하고.

통보용 휴대폰도 빼앗긴다.

"이건, 그거지?"

그리고 아카미츠키는,

"못~됐다, 못됐어~, 선생님한테 일러바친대요. 이야~, 설마 고등학생이나 되어서 그런 짓을 하는……, 아니, 여기서는 일러바치는 게 옳을지도 모르지만, 그런 녀석이 있을 줄이야."

그렇게 말하며 빼앗은 내 휴대폰을 기세 좋게 바닥에 내동댕이친다.

빠각, 하고 내 휴대폰 화면은 부서져 눈 깜짝할 사이에 파괴되었다.

그리고,

'……, 숨, 이.'

나는 호흡곤란으로 괴로워했다. 참고로 말해 두는 거지만, 설령 여자 한 명이라도 가슴 위에 올라타면 인간은 제대로 호흡할 수 없다. 폐가 부풀지 않기 때문이다.

떨쳐 내려 해도, 아카미츠키는 절묘한 포지셔닝으로 그걸 당해 주지 않고,

"있지, 쿠키노세 군."

냉담하게—.

아카미츠키와 닿는 부분까지 얼어버릴 듯한 착각에 빠지는 것처럼, 나는 움직임을 완전히 봉쇄당했다.

그리고,

"나 말이야, 어차피 죽을 거라면 미스테리어스하게 죽고 싶어."

"무슨, 말을."

"동경한단 말이지. 미스테리어스한 죽음이란 거. 어째서 그렇게나 귀엽고 성격 좋은 애가 자살 따위를 한 거지, 하고 말이야. 어쩌면 자살이 아니라 누군가에게 살해당한 거 아닐까, 라든가 뒤에서 터무니없는 일이 있었던 것 아닐까 하면서 왁자지껄하게 떠드는 거― 이 내가 죽는 거니까 그 정도는 있어도 괜찮다고 생각해."

그러니까, 하고.

"쿠쿠키노세 군은 심플하게 방해된단 말이지."

―방해.

"진실이 알려지는 건 단순히 성가시다는 거야."

"진실이라니, …….”

"내가 죽는 것에 큰 의미 따위 없다는 거."

그건 싫단 말이지, 하고.

아카미츠키는 말했다.

"게다가 쿠키노세 군은 이상하게 성실하니까. 내가 죽으면 그 비밀을 선생님이라든가 다른 사람에게 이야기할 것 같은 느낌이고."

"……말해 두겠다만, 가령 네가 죽지 않더라도 나는 선생님한테 전할 거다. 아카미츠키가 자살하려고 했다고."

"흐음. 착실하네."

"여기서 네가 죽는 것보다는 훨씬 나아."

"눈감아 달라고 부탁해도?"

"그래. 반드시 말할 거다. 고자질쟁이라고 말하건 어쨌건 간에, 네가 이제는 죽는 걸 그만두겠다든가 하는 말을 하더라도 나는 선생님한테 반드시 전하겠어. 아카미츠키가— 죽으려 했었다고."

아카미츠키가 위에 올라타 완전히 굴복하고 있는 형태지만, 나는 물러나지 않았다.

그렇다.

이 상황은 오히려 내가 유리하다고 해도 좋다.

이쪽은 아카미츠키의 약점을 일방적으로 알고 있는 입장이기 때문이다.

"……한번 누군가에게 상담해. 나한테는 너무 무거워서 다 받아들여 줄 수가 없어."

"흐음—."

—그 말에.

아카미츠키는 전혀 당황하는 기색도 없이 다음 행동으로 옮겨 갔다.

그녀는 오른팔을 뻗고는 바닥에 흩어져 있던 유리 조각을 주웠다. 그건 내 휴대폰 화면이 깨져서 생겨난 파편으로, 3㎝ 정도이기는 했지만— 예리한 흉기.

날붙이.

하지만 아카미츠키는 흉기라고도 할 수 있는 그 유리 조

각을 줍자마자 양손을 써서,

"그럼, 이렇게 할까."

힘을 꽉 준 뒤 유리 조각 끝부분으로,

"읏—"

아카미츠키는— 자신의 목을 그었다.

눈을 의심케— 하지조차 않았다.

틀림없이 분명했다.

—목을 벤 것이다.

유리 조각의 날카로운 끝부분을 목에다 스윽 대고는, 피부에 아무렇게나 쭉 그어 자신의 목에 빨간 선을 만들어냈다. 혈관까지는 이르지 않은 깊이라 치명상은 되지 않았지만, 그래도 부드러운 목에서의 출혈은 무척이나 격렬하여 베인 부위에서 피가 뚝뚝 흘러나오고 있다.

당연히 밑에 있는 내 얼굴에도 비처럼 쏟아진다.

—아카미츠키의 피가.

"무슨 일이 있어도 선생님한테 말하겠다면."

무표정인 채로 계획을 이야기한다.

"나, 쿠키노세 군한테 강간당했다고 말할 거니까."

"하아?!"

피투성이가 된 채.

"그거라면, 자살할 이유로 매우 합당하지. 동급생 남자한테 강간당해서 더럽혀지는 바람에 더는 살아갈 수 없다고 생각해서 죽으려 했다고."

"아니아니, 아무리 그래도 그건 무리가—"

"없는데? 로직은 확실하게 생각하고 있고 말이지."

참고로 이때 깨달았다.

아카미츠키는 살인귀 같은 눈을 하고 있었다.

"나이프로 협박당해서 엉망진창으로 범해졌다고, 목에 난 이 상처를 보여주면서 말하면 누가 의심할 거라고 생각해? 설마, 스스로 목에 상처를 내는 인간이 있을 리 없잖아."

"그거라면 내 얼굴에 피가 이렇게 묻을 리가 없잖아!"

내 얼굴은 현재 아카미츠키의 피로 범벅이 되어 있다.

아니, 그렇다기보다 아직도 계속 묻고 있다.

응고되기 시작해서 조금 끈적끈적해졌다.

"피를 얼굴에 잔뜩 바르면서 강간했다고 말할 거야."

"무리가 있는 거짓말 때문에 터무니없는 변태가 생겼어!"

"실제로 세상의 연쇄 살인범은 그런 게 보통 수준이지."

"큭, 그런 이야기를 정말로 믿는 녀석이 있을 거라고 생각하냐."

"믿고 자시고."

아카미츠키는 겨우 목에서 유리를 뗐다.

"안 믿을 리가 없잖아. 내가 지금까지 주위의 신뢰와 신용을 쟁취해 온 건 이럴 때 거짓말이 통하게 하기 위해서고."

평소의 밝은 연기.

착한 아이인 척.

그건 '나쁜 짓을 했을 때 거짓말이 통하게 하기 위해서'라고, 아카미츠키는 단언했다.

그리고 "그에 비해서"라고 아카미츠키는 뒷말을 잇고는,

"쿠키노세 군은 지금 한창 비뚤어지는 중이고 말이야."

"……."

"음악과를 그만두고, 피아노를 그만두면서까지 보통과에 왔는데 저번 시험은 전부 백지로 제출한 학생. 친구 같은 건 없고, 교실에서는 언제나 혼자이며, 누구와도 어울리지 않지. 결과적으로 보면 정신적으로 불안정한 그런 학생을, 주위에서는 어떻게 생각할까?"

……어떻게 알고 있는 거지.

내가 전 교과목 0점이었다는 것.

친구가 없다느니 운운은 보면 알 테니까 제쳐 두고서라도, 시험 점수 같은 건 그야말로 선생님들밖에 모르는 내용인데.

여러 가지로 정보망이 수수께끼고, 너무 무섭다.

"……비뚤어지고 있다고 말하지 마."

"옆에서 보면 시험을 백지로 내는 건 중학생의 반항기에 가깝다고 생각하는데. 좀 더 다른 방법도 있지 않았을까? 아마도."

—이제 됐잖아.

"그러면, 나는 어떻게 하면 되는 거지. 선생님한테 말하지만 않으면 되는 거냐."

"그거 말인데, 잘 생각해 봤더니 내 비밀을 지키기 위한 근본적인 해결책은 현재로서는 하나밖에 없단 말이지."

"뭐야, 그 하나라는 건."

"쿠키노세 군을 죽이는 것."

"!"

"뭐, 아무리 그래도 농담이지만."

입막음은 확실하게 할 수 있지 않을까, 하고.

아카미츠키는 웃어넘기기 힘든 블랙 조크를 한 뒤,

"조금 생각해 볼까나. 이 건에 관해서는 너무 쉽게 해결해도 재미없을 것 같고 말이지."

그제야 일어나 내 가슴 위에서 비켰다.

아무래도 내가 숨어서 선생님한테 메시지를 보내고 있던 과정은 이걸로 용서받은 모양이다.

—긴장이 확 풀렸다.

겨우, 해방됐다.

"그럼, 일단 현재로서는 보류라는 걸로."

"보류……."

"교환 거래. 쿠키노세 군은 나에 관해 이야기하지 않는 대신 나도 자살하지 않을 거고, 억지로 강간당했다고도 말하지 않을 거야."

"어라? 그거 진짜 평등한 거래인 거지?"

뭐— 됐나.

아카미츠키가 자살하지 않는다면, 뭐든.

조금 의문이 남긴 했지만, 해방된 나는 칠판 옆에 설치된 수도꼭지로 갔다. 거기서 온 얼굴에 뿌려진 아카미츠키의 피를 씻어 내는 작업에 들어갔고, 아카미츠키는 가지고 있던 손수건으로 목을 눌러 지혈하기 시작했다.

대단하다고 해야 할지, 아카미츠키는 절묘한 자세로 자신의 피가 옷에 묻지 않도록 하고 있었던 모양이라 곁에서 보면 아카미츠키가 다쳤다는 건 알 수 없다.

세세한 부분까지 요령이 좋구만.

그런— 생각을 하고 있었을 때였다.

"……응? 메시지?"

아카미츠키가 그렇게 말했다.

나는 얼룩진 피를 씻어 내는 중이라 몰랐지만, 아무래도 진동한 건 내 휴대폰인 듯했다.

아카미츠키가 화면을 부쉈지만, 내부 쪽까지는 망가지지 않은 모양이다.

그리고,

"어디어디."

아카미츠키는 물 흐르는 듯한 동작으로 내 휴대폰을 조작하고는, 도착한 메시지를 읽었다.

아니, 잠깐.

“내 프라이버시는 얼마나 경시당하고 있는 거냐! 봐도 되는지 물어보는 정도는 하라고!”

“어떻게 된 거야, 이거.”

아카미츠키는 내 말을 무시하고 너덜너덜해진 휴대폰 화면을 내밀었다.

메시지를 보낸 사람은 선생님이었다.

『결국 상담이라는 건 뭐냐?

그러고 보니 감시 카메라를 조사해 봤는데, 네 말대로였다.

아무것도 안 찍혀 있더구나 ㅋㅋ

쿠키노세 너, 뭔가 알고 있냐?』

“선생이랑 학생이 감시 카메라에 관해 대화해도 되는 거야?”

“안 될 건 없겠지. 그보다 그거, 그 일이야. 오늘 방과 후에 1반에서 지갑이 도난당했다는 이야기.”

나는 핸드타월로 피를 닦으며 대답했다.

“그건 알고 있는데, 그렇지만 카메라에 안 찍혀 있었다는 건?”

“지갑을 훔친 범인.”

이마에 달라붙은 피를 씻어 낸다.

"아무리 찾아 봤자 의미 없다는 이야기를 했었어."

"어째서 그런 말을?"

"일단, 선생님한테는 신세를 졌으니까 쓸데없는 일을 하지 않도록 하는 마음에 말이지."

타월을 쥐어짰다.

피를 머금어, 빨간색이 떨어진다.

"게다가 지갑을 훔친 게 아카미츠키라는 걸 알면, 선생님도 스트레스로 쓰러질 테니까."

"—어?"

아카미츠키는 그렇게 말하곤, 그제야 겨우,

"무슨, 말."

아카미츠키는 냉철한 표정을 무너뜨렸다.

그때까지 계속 덮어쓰고 있던 가면을.

"아카미츠키가 한 거잖아?"

"아아, 뭐, 딱히."

그리고는,

"—아니지는, 않지만."

역시 약간이기는 하지만 동요한 듯한 기색을 보였다.

"어떻게."

뜸을 두고,

“내가 범인이라는 걸 알았어? 쿠키노세 군, 선생님한테서 이야기를 들은 것뿐이잖아.”

“반대야. 그 이야기를 듣는 한, 범인은 너밖에 없잖아.”

나는 핸드타월을 씻으며 대답했다.

기분상으로는 식기를 씻으며 어린애와 이야기하는 모친 같은 느낌으로.

“5교시 건강 진단으로 교실을 비웠을 때, 여자 전원의 지갑이 도난당한 사건. 하지만 방범 카메라를 확인해도 교실로 이어지는 복도에 수상한 사람은 없었다는 건, 찍혀도 수상하지 않은 사람— 그 반 여자라는 건 거의 틀림없지.”

“그건, 뭐어.”

“그럼 그중 누군가라는 건데, 이번 상황에서 실행할 수 있었던 건 아카미츠키밖에 있을 수 없어.”

“어째서.”

“네 출석번호가 1번이기 때문이야.”

이것도 선생님한테서 들은 정보다.

『내 반에.』

『출석번호가 1번인 녀석.』

『출석번호로 말해도 모른다구요…….』

그렇게 대화했었다.

“교실을 비운 건 ‘건강 진단’ —즉, 학생이 번호순으로 늘어서서 빙빙 돌며 키라든가 체중을 재고, 끝난 녀석부터 교실에 가도 되는 거지. 그리고 그 순서는 딱히 이유가 없다면 보통은 학교의 '출석번호순'이잖아. 즉, 아무도 없는 교실에 돌아갈 수 있는 건, 맨 처음에 진단이 끝나는 1번인 아카미츠키뿐. 뛰어서 교실로 가면 2번 녀석이 돌아오기 전까지 3분은 충분히 만들 수 있었을 거야. 15명의 가방을 뒤지는 데는 아슬아슬하게 충분하겠지."

"흐음. 그래도, 그 이야기라면 설명이 안 되는데?"

"무슨 설명."

"선생님한테 못 들었어? 그 뒤에 전원의 소지품을 검사했다는 거."

"들었어."

게다가 그 검사가 끝날 때까지 교실에서 나간 사람은 없다는 것도 알고 있다.

그건 카메라 영상도 증명하고 있다.

그래서 선생님은 지갑이 '사라졌다'라고 말했다.

하지만,

"그러면 훔친 지갑은 어디에 숨겼다는 거야? 교실에 빠져나갈 구멍 같은 건 없다고?"

"창문이 있잖아."

"……."

"장소는 4층이었어. 즉, 창문에서 얼굴을 내밀어 위를 올려다보면 바로 위는 교사 건물 옥상. 너는 훔친 지갑을 비닐에 한꺼번에 넣어 그 옥상에 던진 거지."

그리고— 없앴다.

교실에서 한 걸음도 나가지 않고, 15명 분량의 지갑을.

"그리고 소지품 검사를 빠져나간 후에 유유히 옥상으로 가서 지갑을 회수한 거야. 그리고 마지막으로 그걸 돌려놓은 방법 말인데, 이건— 아카미츠키의 인망을 살린 거겠지. 이건 아마도 내 예상이지만, 너는 선생님이 없는 교실에서 모두에게 이렇게 말한 것 아닐까."

—저기, 얘들아.

—한 번 더 우리끼리 검사해보지 않을래?

"아무도 반대하지 않겠지."

어째서냐면 발안자는 학교의 여왕.

반 아이들 모두가 인정하는 우등생이 그렇게 말한 것이다.

"아카미츠키가 말하는 것에 반대하는 녀석도, 학생들끼리 소지품을 검사하는 걸 싫어하는 녀석도 없겠지. 거부하면 의심받을 뿐이니 말이야. 그래서, 그 소지품 검사만 담당할 수 있다면 마지막에는 검사하는 척하면서 모두의 가방 안쪽에 지갑을 돌려놓으면 돼. 교단에서 하면 15명 분량의 지갑도 몰래 가지고 있을 수 있겠지. 지갑 정도 크기라면, 약간의 눈속임만 쓸 수 있다면 옆에서 누군가 보고 있어도 들키지 않고 돌려놓을 수 있어."

아무도 의심하지는 않으리라.

편견이라든가, 선입견이 그렇게 시키지 않는다.

반 친구들은— 아카미츠키가 지갑을 훔쳤다고는 '절대로' 생각하지 않는다.

그만큼 아카미츠키가 덮어쓴 가면은 정교하다.

그래서 무의식적으로 제외하고 있었다.

정황상 훔친 건 출석번호 1번인 이 녀석밖에 없다고는, 생각지도 않고.

"그래서 지갑은 무사히 돌아왔어. 아카미츠키는 이번에 자신의 출석번호라는 특수함과 평소부터 쌓아 올린 인망과 신뢰로 전원의 판단을 둔하게 만들었기 때문에 이런 짓이 가능했던 거지."

내가 그렇게 말하자,

"기분 나빠."

아카미츠키는 질색했다.

……으음.

"아니아니, 왜 기분 나쁜 건데. 거기서는 솔직하게 감탄할 거라고 생각해서 '초보적인 것이라네, 왓슨 군'하고 말할 생각이었던 내 마음은 어디에 두면 되는 거냐고."

"내가 알 바 아니지, 그딴 거."

너무한 말투였다.

평소 말하는 거의 1개월 어치 정도 이야기했는데.

"아니아니, 어째서 남한테 들었을 뿐인 그런 이야기로 그렇게까지 깊이 생각하는 거야……."

"딱히 상관없잖냐."

"인생 피곤하지 않아?"

"자살하려고 했던 너한테 그런 말을 듣고 싶지는 않아!"

아니 그보다, 하고 나는 뒷말을 이었다.

"애초에 확신한 건 네가 테니스부 활동을 하고 난 뒤임에도 불구하고 이 음악실에 침입했기 때문이라고! 이곳 열쇠는 서교사와 공통이니까 아아, 열쇠를 빌린 김에 들어온 거겠지 하고 생각한 거야!"

"참고로 묻겠는데, 내가 그런 짓을 한 동기는?"

"단순한— 게임이겠지. 안에 든 걸 훔치지 않고 무사히 돌려준다는 건 그 행동을 하는 것 자체에 의미가 있었던 것일 테고. 질렸으니까 까딱 잘못했다가는 범죄나 다름없는 짓을 하는 건 보통은 있을 수 없지만, 질렸으니까 죽으려 했던 녀석이라면 이상하지 않지."

"조잡한 추리네."

하지만 정답.

하고, 아카미츠키는 말했다.

그리고,

"흐음. 이 내가 하루에 약점을 두 개나 잡히다니."

조금 분한 듯한 기색을 보였지만,

"뭐, 됐나."

곧바로 진지한 표정으로 돌아왔다.

—그러고 나서.

아카미츠키는 잠시 여기에 남겠다고 말했고, 나는 음악실에서 쫓겨났다.

듣자니 책 정리를 아직 더 하겠다는 모양이다.

혼자 남겨두면 또 뛰어내리는 것 아닐까 싶어 돕겠다고 말했지만,

"안심해. 쿠키노세 군에게는 약점을 잡혔으니까 자살 같은 건 안 해."

"그래도."

"하우스*."

"개한테 하는 것처럼 지시하지 마!"

"책이라든가 악보를 만지고 있을 때 정도는 혼자가 되고 싶은 타입이야."

그 말을 듣고 결국 나는 완력으로 쫓겨나고 말았다.

확실히, 아카미츠키는 또 뛰어내리거나 하지는 않겠지만,

"저기— 아카미츠키."

"뭔데?"

나는 나갈 때 최소한의 저항으로서 이렇게 말했다.

"뭔가 말이야, 할 수 있는 일이 아니라 하고 싶은 일을

* 반려견한테 자기 집으로 돌아가라고 말할 때 내리는 명령.

찾도록 해."

"하고 싶은 일?"

"그래."

하고 싶은 일을— 해라.

그런 말이 나온 것에 나 자신도— 조금 놀라면서.

"여러 가지로 좌절한 이런 내가 말하는 것도 뭣하지만, 아카미츠키는 뭐든 할 수 있기는 해도 그 어떤 것도— 하고 싶어서 하고 있는 게 아니잖아. 그저, 세간이 보기에 그게 옳으니까, 주위가 그걸 원하고 있고, 할 수 있으니까 하고 있는 것에 불과해."

"그건—"

"게다가, 역시 너는 시야가 조금 좁아."

계속해서 말했다.

"사회에서 보면 공부라든가 운동, 음악을 잘한다는 건— 그런 건 사소한 것에 지나지 않는다고. 사회적으로 성공한다든가, 전 세계 사람들을 움직일 수 있을 만한 발언이나 뛰어난 개발을 한다든가, 정말로 선택받은 사람만이 할 수 있는 일은 세상에 잔뜩 있어. 그리고 그런 사람들 입장에서 보면 아카미츠키 같은 건 아직 기껏해야 우수할 뿐인 학생에 지나지 않을 거야."

"……."

"아깝잖아. 아카미츠키한테는 그 영역에 다다를 능력이

있는데."

도중에 내던진다니.

아직 더 즐길 수 있는 게임을 버리고 만다니.

"그러니까, 뭔가 찾으라고. 너밖에 할 수 없는— 뭐든 할 수 있는 너이기에 가능한, 그런 일을 말이야."

나는 자신의 감정— 질투를 담아 그렇게 말했다.

그리고 아카미츠키는 그 말을 듣고는,

"흥!"

"끄악!"

내 등을 걷어차 음악실에서 내쫓더니, 문을 닫은 것이었다.

"……와 버린 걸 보면, 나도 상당히 바보군."

나는 격리동 현관까지 와 있었다.

참고로 어제 아카미츠키가 휴대폰 화면을 깨 버렸지만, 휴대폰으로서의 기능을 아직 유지하고 있기에 평범하게 사용하고 있다.

그리고 이른 아침 여섯 시에 휴대폰이 울렸다. 도착한 메시지를 열어 보니, 짧게 이리 적혀 있었다.

『지금 당장 제3음악실에 집합.』

아카미츠키가 보낸 메시지였다.

"……무서운데."

어느새 메일 주소를 알아낸 거야.

아무한테도 알려준 적 없다고.

무시해 버릴까 싶었지만, 어제 건도 있으니 무시할 수도 없다.

어쩔 수 없이 발걸음을 옮기기로 했다.

턱없는 호출.

하지만, 무슨 일이 있는 것일까.

무시한 뒤가 더 무서울 것 같으니까, 결국 갈 수밖에 없지만.

당연하다고 할지, 음악실 문은 열려 있었다.

안에 들어가니 책상 위에 앉은,

"늦었네."

"온 것만 해도 어디냐."

아카미츠키가 있었다.

팔짱을 끼고.

그리고 그녀는 머리카락을 좌악 쓸어올리고는,

"뭐, 상관없나. 안 왔으면 기숙사 창문을 깨고 데리러 가면 되는 것뿐이었으니까."

……농담이지?

아니, 하지만 이 녀석의 경우는 정말로 할 것 같아서 무섭다.

딴지를 거는 것을 그만두고 본론으로 들어갔다.

"그래서, 이런 이른 아침에 불러내서 뭘."

"공략본을 만들 거니까 돕도록 해."

—그렇다.

내 말이 채 끝나기도 전에 그녀가 내뱉은 말은,

"하, 아……?"

잠에서 막 깬 머리로는 이해하기 힘들었다.

"공략본?"

무슨?

"그래. 공략본. 어제 악보라든가 오래된 잡지를 정리하던 중에 책들 속에 있었어. 오래된 책이었지만, 리그존이라는 게임의 공략본이."

"하아."

"그래서, 그 책 200페이지 정도에 레어 아이템부터 보스 공략법, 샛길 루트부터 버그로 몬스터를 증식하는 방법까지가 대놓고 적혀 있더라. 이야~, 그야말로 맹점이었어. 게임을 클리어한다는 목표라면 딱히 성실하게 할 필요 없이, 이 책을 보면 되는걸."

"뭐, 그야 그렇겠지만……."

애매하게 대답할 수밖에 없다.

아마도 아카미츠키는 재능을 100% 살려 게임을 플레이

하는 것이 특기인 만큼, 이런 공략본에 의지해 오지 않았을 것이다. 그러니 존재 자체를 몰랐던 것이리라.

하지만, 그게 어쨌다는 거지.

공략본을 만들 거야—라고 말했는데,

"일단 묻겠다만, 무슨 게임의 공략본?"

"인생."

"인생 게임? 그립네. 그래도, 주사위 게임의 뭘 공략하겠다는 거야."

"아냐, 진짜 인생 쪽."

"진짜 인생 게임? 아아, 오리지널판 말인가. 그러고 보니 가족끼리 했을 때 나 말고는 다들 평범하게 골인했는데, 나만 빚투성이였지—. ……생각해 보면 그때부터 계속 패배하기만 할 뿐이군……."

"미안. 트라우마를 후벼판 것 같지만, 그쪽이 아니야."

"그럼 뭔데."

인생?

이해하지 못하고 있자, 아카미츠키는,

"인생은 인생. 우리가 바야흐로 살아가고 있는, 바로 이 금생(今生)을 말하는 거야."

오해를 낳지 않는 문언으로,

"그래. 그야말로 지금 이 순간이야."

단언했다.

"사람이 태어나서 죽을 때까지 걷는 여정이자 고락이나 희열이 뒤섞이는, 인간이라는 종이 고도의 정신 활동을 얻은 결과로서의 삶의 방식— 그 이하도 그 이상도 아닌, 사람이 살아가는 방법. 그 인생의 공략본을 만들겠다고 말하고 있는 거야."

—인생 공략본.

그 말을 조금씩 이해해 나가고자 나는 침을 삼키고 뇌를 움직였다. 하지만 머리는 도무지 정상적으로 움직이지 않았다. 말의 의미를 이해하지 못했기 때문일까.

—아니.

아마도 다르다.

반대로 이 녀석이 내뱉은 그 말의 의미를 확실하게 이해했기 때문이다.

공략본—.

그것도 『인생』이라는, 한없이 커다란 것의.

"어째서야."

그렇게 물을 수밖에 없었다.

"어제 말했잖아. 나만이 할 수 있는 일을 하라고."

"그게 어째서 갑자기 공략본 같은 발상으로 비약하는 건데."

"원래부터 생각하고 있었어. 아무래도 세간에는 의욕이 없는 사람이 너무 많단 말이지."

아카미츠키는 말한다.

"옛날부터 줄곧 그랬어. 내가 뭔가를 하면, 거기에 있는 사람은 대체로 포기하고 어딘가로 가든가, 뭔가를 체념한 듯한 표정을 짓고서는 싸우려고조차 하지 않게 돼."

"그건—,"

당연하겠지.

이런 재능 덩어리 같은 녀석이 있다면, 의욕을 잃을 게 뻔하다.

마음이— 살해당한다.

"아마, 그 인식부터가 잘못됐단 말이지."

"하?"

"그야 내 능력은 평균보다 훨씬 높다는 건 인정하지만, 그것뿐이라면 비슷한 사람은 잔뜩 있어. 나는 거기서 한 층 더 뛰어난 방식을 찾아내는 걸 우선해서, 그걸 실행할 환경과 능력을 조합할 수 있었으니까 다른 사람보다 좋은 결과를 남길 수 있었던 거야."

즉, 아카미츠키의 초인적인 능력에는 일단 이유가 있다.

그것도 타인이 이해할 수 있는 범위에서—.

"게다가 쿠키노세 군 같은 사람은 상당히 많으니까 신경은 쓰였단 말이지."

"나 같은 녀석?"

"무엇 하나 잘 풀리지 않으니까, 무기력해져 있는 사람."

"…………."

그리고 아카미츠키는 아무렇지도 않게, 훌륭히 알아맞혔다.

단 한 마디로.

마음속 깊은 곳에 가라앉혀 남한테 보이지 않도록 하고 있었던 진흙.

—무엇 하나 잘되지 않는다.

파헤치지 말아 주었으면 했다.

급소에 지나지 않았던, 내 마음을 찌르는 말을.

"그러니까 공략본이라는 글자를 봤을 때 깨달은 거야. 잘 풀리지 않는다면, 잘 풀리도록 하는 지침이 있으면 된다는 걸 말이야. 그것도 세간에서 말하는 일반론이나 보편적인 생각 같은 거 말고. 내가 생각하는 것을 조금 바꿔서, 구체성을 추구하고, 살짝 교활하면서도, 정도를 걷는 방법이 아니어도 괜찮으니까 여하튼 과제 클리어를 목표로 하면 된다는 걸 말이지."

—클리어.

누구나가 걸어가야만 하는 앞길. 그 길에서 전력을 다하는 것이 의무로 간주되는 인생의— 공략법.

아카미츠키는 그걸 만들려고 한다.

만들자고 말한다.

"그러니까 이건 내 나름의 속죄야. 지금까지 내 마음대로 행동해서 다른 사람들의 마음을 꺾어 왔으니까, 그 반대로 잘 풀리지 않는 사람에게 도움을 주는— 그런 일을 해볼까나, 하고."

"자각은 있었던 거냐……."

"눈물 흘린 사람들을 수많이 봐 왔으니까 말이야."

"……."

한층 더 질이 안 좋은 녀석이었다.

"그래서 말인데, 쿠키노세 군. 도와줄 거지?"

…….

왠지 모르게 예상하고 있었지만.

실제로 그런 말을 들으니, 대꾸할 말이 궁해졌다.

어쩌지.

터무니없이 성가신 일이 될 것 같다.

"참고로 묻자면, 거절했을 경우 나는 어떻게 되는 거지?"

"그러네, 쿠키노세 군의 사진이—"

내 사진?

"내일 신문에 실립니다."

"이유가 무서워서 듣고 싶지 않아!"

"피해자든 가해자든, 좋아하는 쪽을 골라도 돼. 내가 쿠키노세 군을 죽여도 괜찮고, 내가 죽고 그걸 쿠키노세 군의 탓으로 해도 괜찮고."

"어느 쪽도 싫다고!"

"그렇다면."

아카미츠키는 그렇게 말하고는,

"그게 싫으면 돕도록 해."

협박해 왔다.

호흡하는 것처럼.

"……어째서 나인 건데. 너라면 더 우수한 사람을 찾을 수 있잖아."

"쿠키노세 군, 나랑 닮았으니까."

"어디가 말이냐."

"어제 말이야, 내가 지갑을 훔친 범인이라는 걸 곧바로 맞혔지. 트릭까지 제대로."

아카미츠키가 게임으로서 실행한 사건.

어제는 겉으로 드러내지 않았지만, 아카미츠키는 그 건으로 내가 조금 마음에 들었다고 한다.

"그거야말로 사물을 생각하는 방식— 확립된 사고법이고, 능숙한 방식이지. 주어진 정보를 정리해서 가능성을 배제하고, 어떻게 생각하면 정답에 가까이 다가갈지를 논리적으로 고려하여 정답을 끌어내. 하지만 거기까지는 같아도 근본적인 부분에서 나와는 전혀 반대인 사람이니까, 흥미가 솟았어."

"반대?"

"그렇게까지 의욕을 내는데도, 결과가 영 나오지 않는 부분."

"……."

어째서 이른 아침부터 불려 나와 매도를 당하고 있는 거지, 나는…….

"요령이 좋지 않은 거야, 쿠키노세 군. 나, 어제 지갑을 훔친 사건 이야기를 들었을 때 왠지 모르게 이해했는데, 너, 머리 사용법이 무척 나빠. 평범한 사람은 거기까지 생각하지 않는 것, ―머리가 좋은 사람일수록 쓸데없다며 버리는 것을 일일이 생각하거나 하는 사람은 대부분 예외 없이 요령이 나쁘고― 사물을 크게 보는 힘이 부족해."

"미안하게 됐구만."

"아니, 오히려 칭찬하고 있는 건데? 그렇게까지 요령이 나쁘고, 여하튼 무의식적으로 노력(努力)을 쏟아부어 버릴 정도로 매우 저레벨인 능력인데도, 여기까지 온 노력(努力) 만큼은 대단해."

"칭찬한다는 말의 의미를 사전에서 찾아봐라."

아카미츠키는 거기까지 말하고는,

"자, 어떻게 할래."

의자에서 일어나 내가 있는 곳까지 오면서,

"신문 데뷔할 것인지, 나한테 협력할 것인지."

엉망진창인 이지선다를 들이밀며, 하지만 선택권 따위는 주지 않는 것이었다.

……, 진짜로 자유가 없군.

그렇기에,

"—하나만."

"응?"

"하나만, 약속해."

"뭔데?"

"이제 두 번 다시 자살하지 않겠다고."

"……호오."

"네 말대로다. 나는 확실히 재능이라든가 능력— 스펙이 낮아."

옛날부터 그랬다.

갖고 싶은 것은 언제나 노력하지 않으면 손에 들어오지 않았다.

아니, 그런 수준이 아니다.

아무리 원해도— 대부분 손에 들어오지 않았다.

"그러니까, 그런 네가 멋대로 인생을 그만두려 하고 있다고 생각하면 뭔가 열 받는다고."

"열 받는다니."

"대답은?"

"알았어. 쿠키노세 군이 금지하는 한."

"한?"

"이제 자살 따위 하지 않겠습니다."

약속합니다, 라고 아카미츠키는 대답했다.

하지만 솜사탕 같은 그런 가벼운 답변은 나한테는— 저

주처럼 느껴졌다.

내가 금지하는 한 죽지 않는다는 건, 요컨대 역설적으로 말하면 내가 죽어도 괜찮다고 말한 순간 이 소녀의 목숨은 안개처럼 흩어질지도 모른다는 것.

맥없이— 사라질지도 모른다는 것.

아카미츠키가—.

—아사히가 그런 의도를 담아 말한 것인지는 결국 이후로도 쭉 알 수 없었다.

아사히와 내 관계가 크게 변한— 결정적인 날.

그 후에도 듣지는 못했다.

단지 그 말은 내게 하나의 쐐기가 되었다는 건 확실하며,

"뭐, 됐어. 쿠키노세 군은 책임을 져 줄 필요도 있고 말이야."

"책임?"

"나를, 멋대로 구한 것."

아카미츠키는 여전히 웃지 않는다.

"죽이는 것과 같은 정도로, 멋대로 남의 목숨을 지키는 것도 죄가 깊은 일이야. 죽고 싶었는데, 결심하고 있었는데, 제멋대로인 선의를 강매해서 나를 구한— 그 책임."

그러니까, 하고.

"쿠키노세 군에게는 실험대가 되어 줘야겠어. 네가 살아라, 계속하라고 강요한 것이 얼마나 괴로운지, 비뚤어져 있는지,

그런 잡다하고 악의 가득한 사회의 이런저런 것들이 진정으로 사무치게 느껴졌을 때도 여전히 '죽는 건 나빠'라고 말할 수 있다면— 나는 네 말이 옳다는 걸 인정할게. 하지만 그전까지는 난 '딱히 죽어도 괜찮잖아'라는 생각은 바꾸지 않겠어."

"즉……."

"쿠키노세 군이 도망친 순간, 자살해 줄 테니까."

구하는 데도 책임이 있다— 인가.

잘 생각해 보면 억지 논리에 지나지 않지만, 나는 그다지 깊게 생각하지 않고 승낙했다.

딱히 뭐든 상관없는 것이다.

아카미츠키가 자살하지 않는다면야—.

그리고 내 최종 의사 결정을 받아들이고,

"그럼 받아들여 준 답례로, 자."

"뭐야, 이건?"

"휴대폰."

아카미츠키가 갑작스럽게 건네 온 것은 그녀 자신이 쓰고 있는 휴대폰이었다.

"쿠키노세 군의 휴대폰을 부숴 버렸으니까, 내 거랑 교환해 줄게."

"기기를 교환한다는 건가?"

"그래. 안에 든 유심 카드를 바꾸면 각자 걸 그대로 쓸 수 있잖아. 내가 화면이 우지직 나간 쿠키노세 군의 휴대폰을 쓰고, 쿠키노세 군은 내 기기를 쓰는 거야."

"아니, 난 딱히."

"교환 완료."

"어느새 빼간 거야?!"

아카미츠키는 이미 내 휴대폰을 빼앗아가 있었다.

이런 부분도 일일이 스펙이 높은 건가.

그리고 나는 받아든 전 아카미츠키의 휴대폰을 재부팅하는 도중에,

"아, 그렇지. 아카미츠키."

"응?"

"너, 가족사진이라든가 친구 사진 가지고 있냐?"

"뭐?"

"이것도 교환 조건이야. 휴대폰 배경화면, 소중한 사람의 사진으로 해 둬."

"으엑, 평범하게 싫은데."

"노골적으로 싫은 표정 짓지 말라고……."

딱히 괴롭히려고 하는 말이 아니다.

영화에 나온 방법인데, 은근히 괜찮을 것 같아서 진언한 것이다.

자기가 죽었을 때 슬퍼하리라고 생각되는 소중한 사람의 얼굴을 봄으로써 자살의 마지막 한 걸음을 멈추게 하는 효과를 기대할 수 있다던가 뭐라던가. 게이트 키퍼라

는 녀석이다.

자주 보게 되는 휴대폰이 제일 좋을 것이다.

하지만,

"으음~."

"왜 그래."

"배경화면으로 쓸 수 있는 사람이 없어."

"하? 그야 부모님 사진 같은 건 안 가지고 있을지도 모르지만, 아무리 그래도 친구랑 적당히 찍은 사진 같은 건 있을 거잖아."

"친구?"

"항상 둘러싸여 있잖아."

"소중하지는 않은데?"

"친구에 대한 네 인식은 어떻게 되어 있는 거야?!"

"왜인지 같이 있는 사람."

"너무하구만!"

좋은 애인 척하는 건 완벽.

하지만 본성은 새까만 아카미츠키는,

"실제로 그런 거야. 생글생글 웃으면서 즐거운 듯이 있으면 따라올 뿐인 집단 같은 건, 운동장에 있으면 머리 위에 모여드는 뭔지 잘 알 수 없는 벌레랑 똑같다구."

"아아, 진짜. 어째서 너는 이야기할 때마다 어두운 면을 드러내 보이는 거냐고! 너무 깊어서 인제 슬슬 받아들이는 게 어려워지기 시작했다고! 솔직히 어제부터 최대한 참고 있는데, 여기서 친구가 벌레라고 단언 당하면 나는 어쩌면 좋은 거냐?!"

뭐냐고, 이 녀석.

내숭을 떤다든가 하는 수준이 아니라, 인간으로서의 근본부터 의심하게 되는 고약한 심성이다.

무슨 생각을 하면 나름대로 교류가 있는 인간을 진지한 얼굴로 벌레라고 단언할 수 있는 거지.

"게다가 친구라는 건 그저 같이 있으니까 친구인 건 아니잖아?"

"거기서부터 논의하게 되면 길어져."

"자신을 낳았을 뿐인 인간을 부모라고는 부르지 않잖아?"

"아니, 아무리 그래도 그건 부르지 않냐?"

정의(定義)로서.

하지만 아카미츠키는 낯빛 하나 바꾸지 않고,

"안 불러."

……부모에 관한 것도 지뢰인 거냐, 이 녀석.

어두운 면이 깊다기보다, 어둠 그 자체 같은 녀석이다.

"뭐, 그래도 누군가를 배경화면으로 하라고 한다면, 대안은 있지만."

"대안?"

"호잇."

아카미츠키는 그렇게 말하자마자 내 옆으로 미끄러지듯이 쑥 들어와 찰칵, 하고 사진 한 장을 찍었다.

셀카, 라는 것일까.

하지만 그 옆에는 어안이 벙벙해진 내 모습도 찍혀 있는데,

"이 사진으로 할래."

"……너, 어제부터 내 이야기를 3할 정도밖에 안 듣고 있지?"

"포지티브하게 3할은 들어주고 있다고 생각하라구."

아카미츠키는 그렇게 말하며 설정을 조작하여 휴대폰 배경화면을 바꿨다.

그리고 설정을 끝내고 휴대폰을 집어넣더니, 팔을 높이 들었다.

"자, 그럼."

아카미츠키가 지닌 휴대폰 화면에는 두 사람의 사진이.

쿠키노세 이부키.

아카미츠키 아사히.

굳어진 표정의 나와 무뚝뚝한 아카미츠키의 기묘한 사진.

"인생 공략본 제작을 시작할까."

—이리하여, 라고 할지 뭐라고 해야 할지.

아카미츠키한테 억지로 어울리는 형태로, 색채 불명이자 엇갈림투성이였던 내 청춘 시절에— 기묘한 활동이 더해지게 되었다.

6:32

그래서.

"구체적으로 어떻게 하는 건데."

회의 시작.

시간은 아직 아침 일곱 시.

HR이 시작될 때까지 아직 한 시간이 남았기에 여기서 이야기만은 들어 둔다.

일단 공략본 제작이라는 것에 어울려 주는 척은 하자.

나도 시험이라든지 여러 가지로 편해질지도 모른다.

하지만 여전히 구체적인 활동을 잘 파악하지 못하고 있다.

뭘 하면 되는 거지.

"일단, 알아낸 『공략법』을 퍼뜨리는 방법은 신문으로 하려고 해."

"신문?"

"갑자기 책으로 만드는 건 무리가 있으니까 말이야. 조금씩 기사를 만들어서, 그걸 무료배포 책자처럼 복도에 두고, 발견한 사람이 가지고 가도록 하는 형태.”

“엄청나게 수수하구만.”

아카미츠키라면 좀 더 화려하게 할 거라고 생각했다.

어둠이 깊은 녀석이지만, 가면을 썼을 때는 철저하게 눈에 띄는데.

“괜찮아. 까놓고 말해서, 모든 사람한테 전해지면 필승법이 아니게 되니까.”

“뭐, 그렇긴 하지.”

그런 부분은 잘 분별하고 있는 모양이었다.

모두가 다 함께 손을 잡고 일렬횡대로 나란히 골인할 수는 없다.

플레이어끼리 경쟁하는 제로섬 게임에 필승법은 없는 것이다.

“그래, 그게 최선이겠네. 모든 사람을 승자로 만드는 건 절대로 무리니까.”

“언젠가는 하겠지만.”

“하는 거냐.”

게임 이론조차 머잖아 뒤집을 예정인 듯했다.

무서운 녀석이다.

“그래서, 공략법 범위 말인데, 학생 대상이니까 이 학교 생활로 한정하려고 생각해. 인생이라고 거창하게 말하긴 했지만, 아무리 그래도 너무 스케일이 크니까 말이야. 우선은 가까운 곳부터 시작하는 걸로.”

그리고, 제아무리 아카미츠키라도 생각을 수정한 모양이다.

……응.

역시 규모가 너무 크다.

지금까지 위인들이 과제로 삼아 왔던 ‘인생’을 공략본으로 정리하는 건.

얕보지 말라며 혼날 거다.

“언젠가는 하겠지만.”

“그것도 하는 거냐.”

장대한 계획인 듯했다.

아니, 이 녀석이라면 정말로 할 것 같기에 코웃음 칠 수는 없지만.

“그러면 우리가 그 기사를 만든다는 건가?”

“당연하잖아. 하늘에서 뚝 떨어지는 것도 아니고. 내가 쓰는 건 물론이고, 쿠키노세 군도 기사를 만들어 줘야겠어. 각자가 작가로서 기사를 만들고, 최종적인 수정은 둘이서 한다는 시스템으로 하지 않으면, 독선적인 내용이 될 가능성이 있고 말이야.”

“그렇겠지.”

뭐, 그렇게 되겠지.

“그래서, 내가 생각한 게 이 여섯 개이려나.”

아카미츠키는 칠판에 써나갔다.

『공부』

『부 활동』

『인간관계』

『외모』

『특기』

『연애』

"와우."

대략적이구만.

아니 뭐, 고등학교 생활이라는 건 확실히 이 정도로 집약되기는 하겠지만.

"일단 이 여섯 가지를 주요 항목으로 하고자 해. 공략법이라는 말을 들으면 보고 싶어질 기사는 여러 가지가 있겠지만, 초점은 좁히지 않으면 번잡해질 테고."

이의는 없기에 고개를 끄덕였다.

여기서 하나, 깨달은 것이 있었다.

나는 아무래도 조정 역할이라고 할지, 평범한 사람의 시점에서 이상한 점이 없는지 확인하는 역할이기도 한 모양이다. 엉뚱한 짓을 하지는 않는지, 아카미츠키가 취하는 행동을 판단한다.

이 녀석은 다른 사람들과는 크게 어긋나 있다.
자신의 재각(才覺)이 평범하지 않다는 것을.
분명하게 깨닫고 있다.
바로 그렇기에, 오로지 평범한 사람인 내 시점이 필요하다.
평범한 녀석들이 봐서 흥미가 솟을지 어떨지는 매우 중요한 일인 것이다.
"그래서, 어디부터 만들까?"
"공부지."
"그 속내는?"
"나도 쓸 수 있는 게 그것 정도밖에 없으니까."
슬프지만 말이다.
아니, 공부도 그렇게까지 잘하는 건 아니지만, 저스펙 나름대로 노력했다는 자부심은 물벼룩만큼은 있기에 어디부터 쓸까 하는 말을 들으면 그걸 고를 수밖에 없다.
아니, 그렇다기보다 다른 것들이 너무 무리다.
뭐야, 인간관계라니.
최근에 학교에서 가장 많이 이야기한 건 선생님이라고.
안경 쓴 아저씨란 말이다.
게다가 담임조차 아니다.
아무것도 쓸 수 없다고.
"그러네. 공략본을 만든다고는 해도 우리 역시 여러 가지로 모르는 게 많으니까, 할 수 있을 법한 것부터 해 나가지 않으면 도중에 영문을 알 수 없게 되겠네."

그런 이유로, 하고 일단 정해졌다.

맨 처음으로 만드는 건 『공부』 항목.

거기까지 이야기했을 때 아침 여덟 시 전이 되어 HR에 가기로 했다.

몇 시간 뒤.

2교시가 끝나고 쉬는 시간의 일이었다.

휴대폰 진동이 울리고, 메시지가 한 통 왔다.

『이틀 뒤 방과 후, 곧바로 집합이야!』

아카미츠키한테서였다.

글 내용에 맞춰 이모티콘 등을 넣어 놓고 있었다.

실로 여자다운 메시지다.

'……,'

비고(備考)로서 하나.

아카미츠키는 여러 가지로 터무니없는 녀석이지만, 취미나 기호는 평범한 여고생인 모양이다.

그런 점들에 관해서는, 딱히 딴지를 걸 부분은 없다.

강조하지.

진짜로 평범.

예술가 집안에서 자랐다든가 세계 유수의 재벌 영애로 자랐다든가 하는 것도 아니고, 다소 유복한 평범한 가정에서 태어났을 뿐인 평범한 아이인 듯하다. 짤랑거리는 액세서리도 제법 가지고 있고, 군것질도 평범하게 하며, 게임도 꽤 많이 가지고 있다.

기본적으로 소설을 좋아하는 것 같지만, 매월 마음에 드는 패션 잡지와 여성지 구입은 빼먹지 않으며, 소년만화도 읽고, 라이트노벨도 자주 손에 들고 있다.

머리도 약간 물들이고 있고, 메이크업도 허투루 하지 않으며, 귀걸이도 차고 있다.

머리핀은 매일 바꾼다.

스커트는 짧게 접어 입는다.

교복도 세련되게 풀어 입는다.

사어(死語)겠지만, 갸루*다.

딱 보기에도 모범생 같은 차림은 선호하지 않는다.

그리고 어째서 내가 그런 것까지 알고 있는가인데, 그건 단순히 나조차도 '그 정도는' 알고 있을 만큼 아카미츠키 아사히는 항상 학교에서 화제의 중심에 있다는 말이다.

교실 한구석에 있어도 멋대로 들어오는 정보가 그것들이다.

—아카미츠키는 어떤 녀석이라든가.

---

* 눈화장이 진하거나, 헤어스타일과 패션이 화려한 여자를 가르키는 일본 유행어

—조금 전에 뭘 하고 있었다든가.

그런 일부 정보다.

어쨌든, 그런 취미의 감성 같은 건 비교적 일반인의 범위인 것이다.

확실히 그 녀석의 어둠은 깊다.

이야기할 때마다 검은 면이 우글우글 나온다.

하지만 그런 녀석이라도 취향만큼은 평범한 여자애다.

즉, 내게 온 것은 동갑내기 여자애가 보낸 귀여운 메시지.

누가 보더라도.

내가 봐도.

'……'

—믿어버릴 수 있다.

그건, **겉모습만큼**은 미소녀인 여자애가 보낸 메시지라고.

설령 그것이 강제 호출 메시지라고 할지라도 말이다.

솔직히 감각적으로는 어머니가 주는 밸런타인 초콜릿에 매우 가깝다만, ……좋아, 괜찮다. 여러모로 너무 외로운 나머지, 모종의 세련된 내 필터로는 그 메시지의 '미소녀가 보낸 메시지'라는 부분만을 추출하는 게 가능해진 상태였다!

그렇기에 여자가 보낸 메시지라는 사실로,

"후휴……."

의도치 않게 히죽거리고 마는 바람에,

"히익!"

옆에 있던 여자가 그걸 목격하고는 비명을 질렀다.

깨달았을 때는 그 여자애는 "죄송합니다!"라고 말하고는 도망치고 말았다.

—아니, 확실히 기분 나쁜 얼굴이기는 했지만 말이야.

도망칠 건 없잖아.

언제나 교실 구석에서 말하지 않는 녀석이 휴대폰을 보고 "후휴."라는 소리를 찔끔 낸 것뿐이잖아. 너무나도 입을 안 열어서 '후후'라는 발음조차 하지 못했던 것뿐이잖아.

……응, 그래.

죽는 편이 좋겠군.

이런 점도 뭐, 운이 없다고 할지.

여전히 운수가 나쁘다고 생각하며, 일단 '알았어'라고만 답장을 보냈다.

그 답장 메시지를 보고 웃는 바람에 다른 여자가 또 비명을 질렀다.

무한 루프냐고.

『공부』항목만이라고는 해도, 잘 생각해 보니 작업은 너무나도 방대했다.

당연하다.

애초에 학교는 공부만을 위해 존재한다고 해도 좋다.

그런 공부 공략법을 잠정적으로 정리한다고 해도, 터무니없는 양이 된다.

실제로 아카미츠키는 공략 기사 작성에 현재진행형으로 힘쓰고 있다.

『공략 기사』는 협의 결과 단계별로 했다.

즉, 레벨을 나누었다.

세상에는 스펙이 높은 녀석부터 낮은 녀석까지 다양하게 있다.

그리고 내가 『공부』에서 담당하게 된 건 『초급편』이다.

다시 말해, 하위 30% 학생을 대상으로 한 공부 방법이다.

'……으음—.'

일단 기사를 형태로 만들어 내야만 한다.

타닥타닥, 하고 휴대폰 메모장에 아이디어를 서둘러 정리해 나갔다.

수업 중에도 생각이 나면 곧바로 메모했다.

쉬는 시간에도 『공략법』이라는 것을 계속 생각하고 있었다.

……이때는 깨닫지 못하고 있었는데, 나는 비교적 진지하게 임하고 있었군.

이런 부분이 요령 나쁘다는 말을 듣는 것이리라.

하지만 지금까지 해온 일을 객관시하는 작업의 연속 속에서, 나는 문득 깨달았다. 사람은 지나가면 잊는 법이지만, 떠올리려고 하면 기억은 흐릿하게 떠오른다는 것을.

지금까지의 일.

저스펙이면서도 달성할 수 있었던 것.

학살 스펙을 상대하기 위해 자신은 무엇을 생각하고 있었나, 하고.

커다란 반성을 거치며 나는 공부 초급편을 묵묵히 작성했다—.

"역시나 일손이 부족하네."

이틀 뒤.

방과 후.

제3음악실.

내가 들어오자마자 아카미츠키가 한 말이었다.

"일손 부족이라니, 이 공략본 제작 말이야?"

"응. 나도 짬을 내서 내 공부 방식이라든가 상위 인간이 한층 더 추구하는 방법 등 여러 가지를 정리했지만, 역시나 둘만으로는 무리이지 않아?"

"……."

자못 커다란 발견처럼 말하는데,

"……아니, 나는 처음부터 깨닫고 있었어. 작업량이 너무 많아서 무리라는 걸."

둘이서 만들 수 있을 리가 없잖냐.

확실히 아카미츠키는 우수하다.

그렇다고 하더라도, 물리적으로 무리인 건 뒤집을 수 없다.

딱히 이 녀석이라고 해서 마법을 쓸 수 있는 건 아니다.

해가 서쪽에서 뜨게 하는 것도 불가능하다. 자동차보다 빨리 달릴 수도 없다. 전혀 모르는 문제를 풀 수 있을 리가 없다. 그저, 인간으로서의 범위 안에서 뛰어나다는 것뿐이다.

……마법인가.

있었다면 좋겠군.

아니, 차라리 마법이 아니라 비밀 도구라도 괜찮겠어.

'얘, 도라○몽의 도구 중에서 뭐가 갖고 싶니?'

'독◌자 스위치.'

초등학생이었을 적에 그렇게 말했다가 부모님이 질색했던 기억도 같이 딸려서 되살아났지만 그건 제쳐 두겠다.

참고로 지금도 가장 갖고 싶은 도구는 변하지 않았고,

나중에 물어봤더니 아카미츠키가 가장 갖고 싶은 건 대나무 헬◌콥터인 듯하다.

대기권까지 날아가라.

“그래서, 이야기를 되돌리겠는데.”

아카미츠키를 보고 말했다.

“이런 작업을 도와줄 녀석이 있어?”

“으음~, 짐작 가는 사람은 잔뜩 있지만.”

“있는 거냐.”

하긴, 학교 제일이라고 해도 좋을 유명인에, 친구 수도 장난 아니고, 부 활동 등으로 이곳저곳에 얼굴을 내비치고 있는 인재 아파트인 이 녀석이라면 그렇겠지.

이 커뮤니케이션 능력 몬스터에게는 친구 같은 건 나의 몇백 배나 존재한다.

……0에는 뭘 곱해도 0이라는 말은 하지 않는 걸로.

“그럼 적당히 말 걸어 봐. 네가 부탁하면 누구든 잘 오겠지.”

“으음—.”

하지만 의외로 거기서 떨떠름한 표정을 띠었다.

어째서지?

사람이 많을수록 완성은 가까워질 텐데.

“이 작업에 한해서는 그다지 시스템화하고 싶지 않단 말이지.”

“무슨 말이야?”

“즐겁게 만들고 싶어.”

……즐겁게?

“아니 그 왜, 역시 공략본이라는 건 두근두근하고 싶잖아. 읽고 있는 것만으로도 즐거워지는 걸로 만들고 싶잖아. 그러니까 그걸 만드는 쪽도 즐겁지 않으면 거짓이라고 생각하거든. 일이라든가, 누군가의 말을 듣고 한다든가 부탁받아서 하는 게 아니라, 흥미를 가져 주는 사람이 좋아.”

“아니, 난 의욕은 전혀 없다만…….”

“쿠키노세 군은 됐다고 치고.”

“자연스럽게 제외하는 거 그만둬 주지 않겠냐?”

그나저나, 즐겁게 만들고 싶다니.

현재진행형으로 의무적으로 만들고 있는 나한테 할 말은 아닌 거 아니냐. 만든다는 말을 듣고 나서 나름대로 기사를 작성해 오기는 했지만, 즐겁다는 감정은 티끌만큼도 솟지 않는데.

……잘 생각해 보면, 돕지 않으면 자살하겠다든가, 엄청난 협박이지.

거기에 얽매여 있는 나도 한심하지만.

누군가에게 상담하려고 해도, 아카미츠키가 흉악한 본성을 내보인 건 나한테만이니, 이 이야기를 아무도 믿어

주지 않을 테고. 평소의 신뢰가 중요하다고 큰소리치는 아카미츠키의 지위는 나 같은 평범한 사람의 실없는 소리 하나로 흔들리지는 않는 것이다.

"게다가 아직 공략본 제작은 이룩도 하지 않은 단계야. 그리고 기왕이면 다음에 시작할 항목으로 이어지는 사람을 우선하고 싶으니까, 아무나 쓸 수는 없는 노릇이란 말이지."

"다음에 시작할 항목?"

"공부만으로 끝날 리가 없잖아."

아아, 비교적 진심으로 깜박하고 있었다.

그러고 보니 다른 항목도 있었지.

"한 개 항목에 집중해도 재미없고 말이야. 기사 작성은 병행해서 해 나가자."

"그럼, 뭐로 할 건데."

"뭐가 좋아?"

아카미츠키는 그렇게 말하며 칠판에 그대로 남아 있던 공략본 항목 일람을 가리켰다.

나는,

"어디 보자."

확인했다.

남아 있는 항목은『공부』를 제외한 다섯 개.

『부 활동』『인간관계』『외모』『특기』『연애』

이런.

외통수다.

어느 것도 쓸 수 있는 게 없어.

"뭐, 항목을 고르는 거긴 하지만, 딱히 못 써도 괜찮아."

"그래?"

"응. 이제부터 쓸 수 있도록 여러 가지로 시험해 나가면 되는 거니까. 오히려 아무것도 없는 상태에서 시작해서 자기들끼리 실험하고, 이게 효과가 있었다고 보여주는 편이 설득력이 있어."

생각했던 것 이상으로 장대해서, 시간이 걸릴 것 같군.

하지만, 고르는 항목은 내가 쓸 수 없는 거라도 괜찮은 건가.

그렇다면,

"『외모』로 할까."

"내 시간을 돌려내라."

뭐였던 거냐고.

지금의 한순간뿐이었던 결정권은.

"그래서, 왜 외모인 거야."

"재미있을 것 같으니까."

더할 나위 없이 알기 쉬운 이유이지만, 거스를 생각도

없기에 받아들였다.

그나저나 외모인가.

뉘앙스로는 결국 패션 같은 게 되려나.

하지만 학교에서는 교복밖에 입을 수 없는데, 뭘 공략하는 거지.

어쩌면 패션 같은 게 아니라 육체 그대로, 애초의 자기 자신을 가리키는 것일지도 모르지만 그렇다고 한다면 아무것도 할 수 있는 게 없다.

그도 그럴 것이, 외모라고.

얼굴 마사지라든가 페이스 롤러 같은 것으로 어떻게 될 리가 없다. 게다가 아카미츠키는 항목 작성에 도움이 되는 녀석을 데리고 오겠다고 했는데, 그것도 누구지.

생각하면서도,

'뭐, 어떻게든 하겠지만…….'

공부 항목을 묵묵히 작성하고 있는 사이에 시간이 왔다.

아침이었다.

아카미츠키한테 떠밀려 공략본 작성을 돕기 시작한 날로부터 일주일 가까이 지났지만, 방과 후는 대부분 거기에 시간이 소모되기에 제3음악실을 정식으로 이용하는 건 아침으로 돌리고 있다.

등교 시간은 아침 8시.

그래서 아침 7시에는 이곳에 와 한 시간 동안 느긋하게 피아노를 만진다.

그것이 최근 일과가 되어 있었다.

봄철의 아침 7시쯤 되면 상당히 밝다. 날씨도 좋아 나름 기분 좋은 공기가 흐르고 있었다. 다른 사람보다 조금 일찍 일어나는 대가로서는 수지가 좋은 보수일 거라고 생각한다.

악보를 꺼냈다.

아카미츠키한테도 들키지 않도록 숨기고 있던 B4 크기의 빈 악보다.

아니, 엄밀하게는— 비어 있지 않다.

이미 오선보에 음표 몇 개를 채워 넣었다.

이 '곡'을 쓰기 시작한 것은 신학기부터.

제목도 목표도 정하지 않았고, 거기다 하루에 한 시간 작업이라는 지극히 짧은 시간밖에 쓰지 않았기에 여전히 완성되지 않은 끝없는 여정이었다.

……아니, 지금의 내게는 딱 좋은가.

여하간 마음이 꺾인 건 학교생활뿐만은 아니다.

이 취미— 음악에 관해서는 그것보다 훨씬 옛날.

음악과로 입학했을 때엔 이미 포기한 상태였다.

하지만 자기 마음대로 할 수 있다는 게 작곡의 이점이다.

뭐, 좋을 대로 써도 되겠지.

'…….'

이미 정해 놓은 반주에 주선율을 올려 나간다.

콧노래로 생각하고는 있었지만, 실제로 건반을 울리면 인상이 미묘하게 바뀌니까 수정한다.

거기에 어울려 주는 건 낡은 피아노.

그리고 여기서 보이는 풍경뿐이다.

우측에 본교사, 중앙에 탁 트인 하늘, 좌측에 푸르른 산.

이 장소에 오고— 1년이 지났다.

나는 뭔가— 변했을까.

음표를 조금 더하기 위해 이곳을 찾아와 교사를 볼 때마다 생각하지 않을 수 없다.

타키미사키 고교는 일본에서 최고 수준의 학생 수를 자랑한다. 총인원은 3천 명을 넘고, 수많은 과가 존재하며 격리동에서 한눈에 내다볼 수 있는 범위라도 전체의 절반도 되지 않는 너무나도 거대한 집합체다.

이곳에 왔을 때, 나는— 무엇을 생각하고 있었을까.

뭘 목표로 하고 있었을까.

이젠 벌써 기억해 낼 수가 없다.

기억해 내고 싶지도 않다.

그저, 이 방을 쓸 수 있다는 것만은 행운이라고 생각한다.

타키미사키 고교에는 음악과가 있고, 거기 학생들은 메인인 제1, 제2음악실을 사용한다.

그리고 제3음악실은 보통과를 위해 존재했지만, 커리큘럼 변경으로 음악 선택 수업은 없어져 거의 창고로 변한 이곳에는 이제 나밖에 없다.

……아카미츠키도 드나들게 되어서 둘이 되었지만.

시계를 보니 시작했을 때로부터 30분이 지났다.

아직 여유는 있기에 손가락을 움직이려다가,

"쿠키노세 군!"

콰—앙! 하고 문이 열렸다.

"읏, !"

나도 모르게 펄쩍 튀어 올랐다.

이 곡에 관한 건 아무에게도 이야기하지 않았기에, 반사적으로 악보를 숨기며 입구를 봤다.

거기에는 낯빛이 변한 아카미츠키가 있었다.

"뭐야, ……아카미츠키, 아침에 오다니."

"됐으니까 바다 쪽을 봐!"

아카미츠키가 허둥대고 있었다.

드문 사태다.

언제나 태연한 표정을 짓고 있는데.

"바다라니—"

그리고 아카미츠키의 재촉대로 창문을 통해 바다 쪽을 보니,

"응……?"

여자애 한 명이 있었다.

긴 흑발.

자그마한 몸.

4층에서 내려다보는 형태라 수평거리로 30m는 떨어져 있는 장소지만, 자세히 살펴보니 그 소녀가 어둡게 가라앉은 표정으로 바다를 바라보고 있는 것도 왠지 모르게 알 수 있었다.

그렇다— 어둡다.

그 소녀의 표정은 무언가 그늘이 진 듯했다.

아침햇살을 정면으로 맞고 있으면서도—.

저렇게까지— 죽을 것처럼, 어두운 표정을 지을 수 있는 사람이 있는 것일까.

참고로 그녀가 바라보는 장소는 바다라고는 해도 해변은 아니다.

펜스를 사이에 두고 있기는 하지만, 4m 높이 절벽이다.

서스펜스물의 종반 같은 곳이다.

그리고 울적한 표정의 그 소녀는 철망을 잡으며— 바다를 보고 있었다.

"저게 어쨌다는 건데."

"어떻게 봐도 자살하려는 거잖아!"

"……."

아니아니.
확인을 위해, 다시 한번 그 애를 봤다.
확실히 슬퍼 보이는 표정을 짓고 있기는 해도, 자살이라니 그런 조짐은 전혀—.

바다를 보고 있던 애는 펜스를 타고 오르기 시작했다.

"우와! 진짜냐!"
"말했잖아! 나는 사람의 얼굴을 보면 무슨 생각을 하고 있는지 대체로 안다구!"
"앞으로의 관계를 다시 생각하고 싶어지는 능력을 폭로해주고 있는 참에 미안하다만, 지금은 저 애를 어떻게 할지가 먼저다! 이런, 철망 위에 벌써 손을 걸쳤어!"
"말을 걸까!"
"이 상황에서 듣는 녀석이 있겠냐?!"
그렇게 생각했지만, 그것밖에 없다.
하지만 아카미츠키가 "저기, 잠깐만!"하고 대음향 목소리를 내는 것과 동시에, 더할 나위 없이 타이밍 나쁘게 강렬한 바닷바람이 불기 시작하여 아카미츠키의 목소리는 지워지고 말았다.
몇 초 지나면 바람은 잦아들겠지만, 그때쯤에는 저 애는 이미 뛰어내리고 있을 것이다.

이미 철망 위에 앉아 바다로 뛰어들 타이밍을 재기 시작하고 있다.

"어쩌지! 본격적으로 위험하지 않아?!"

"목소리는 무리…… 뭔가, ……."

나는 생각을 계속하다가, 창가에 놓여 있던 야구공을 눈치챘다.

이 방이 창고 대신이 되어 있기에 놓여 있을 수 있는 잡동사니다.

나는 그걸 손에 쥐고,

"아카미츠키, 이걸 던져!"

아카미츠키더러 쥐게 했다.

여하튼 이쪽의 존재를 알아차리게끔 해야 한다. 공을 저 소녀가 있는 곳까지 닿게 하여, 여기에 사람이 있다는 걸 알리면 뛰어내리는 것을 주저할지도 모른다.

그러고 나서 설득하면 된다.

아카미츠키는 내 의도를 곧바로 눈치챘다.

"맡겨줘!"

공을 받아들고, 창가에서 크게 휘두른다.

철망 어딘가에든 맞으면 알아차릴 테니, 아카미츠키라면 확실하다.

그리고,

"흡!"

빼억, 하고.

아카미츠키가 던진 공은 소녀의 머리를 훌륭히 가격했다.

"—좋았어."

"뭐가?!"

어느 부분이 좋은 거냐고!

아니, 확실히 '자살을 멈춘다'라는 대목적은 이뤘지만, 야구공이 머리에 직격하여 철망에서 지면으로 나뒹군 후로는 꿈쩍도 안 하고 있고…….

"……쿠키노세 군."

"뭐야."

"8:2네."

"설마 과실 비율 따지는 거야?!"

"나는 명령받은 것뿐이니까, 2야."

"그리고 빈틈없이 책임 대부분을 떠넘기고 있어! 10:0으로 네 책임이라고! 아니, 그보다 이 거리에서 머리에 맞히는 곡예를 용케 해냈구만!"

"하이스펙이다 보니."

"칭찬하지 않았어!"

말하면서, 우리는 곧바로 뛰어갔다.

해변으로 나간 것과 동시에 쓰러져 있는 소녀에게 도착했다.

그리고,

"……으응, 아?"

정말로 그 애는— 눈을 떴다.

무사했던 것에 안도함과 동시에 나는 무심코,

'—이런, 애가…….'

그 용모— 귀여움에 당황하고 있었다.

—자그마하고 가냘픈 애.

나랑 비교하면 머리 하나 이상은 작고, 그리고 내려다보는 위치에는 거대한 지방 덩어리 두 개가 갖추어져 있었다. 아카미츠키는 귀엽다기보다도 아름답다는 것에 가깝지만, 이 애의 경우는 강아지나 고양이로 이어지는 애교가 있다.

조금 처진 눈매.

그것이 그런 식으로 느껴지게 만드는 것일까.

머리카락은 고교생답게 약간 염색된, 검은색에 가까운 갈색.

멋내기나 차림새에 확실하게 신경을 쓰고 있다는 것을 한눈에 이해할 수 있다.

……트집 잡을 여지가 없는 하이스펙.

우리 학교 애다.

교복이 완전히 새것인 걸로 보아 1학년임을 금방 알았다.

입학하고 나서 불과 수 개월 남짓.

그런데도— 바다에 몸을 던지려 하고 있었다.

그리고 그녀는 공허한 눈으로,

"어라……?"

내 옆에 있는 공 투척 주범을 보고는,

"아카미츠키, 선배……?"

분명히— 아카미츠키의 이름을 부른 것이었다.

"쿠로하나 요루라고 합니다."

그 애는 착실하게 이름을 댔다.

상처는 없었지만, 부딪친 곳은 냉찜질을 해주는 편이 좋을 테고 무엇보다 뛰어내리려 했던 애를 내버려 둘 수도 없는 노릇이기에 음악실로 데리고 온 것이다.

치료 책임자는 물론 아카미츠키.

비닐봉지에 물을 담아 그 애의 머리를 차갑게 해주면서,

"그래서, 왜 뛰어내리려고 한 거야?"

거침없이 물었다.

아니, 좀 더 신경을 써주라고. 아카미츠키.

"……힘, 을."

"응?"

"괴롭힘을, 당하고 있어서요……."

"……요루 짱."

"네?"

"타임아웃."

"타임아웃?!"

아카미츠키가 손으로 만든 T로 놀라는 쿠로하나 요루를 뒤로 하고는 내가 있는 곳까지 왔다.

아, 덧붙여서 나는 멍하니 앉아 있었다.

"어쩌지. 진짜가 와 버렸어."

"자살에 진짜건 가짜건 없잖아."

네가 너무 특수한 패턴인 거라고.

농담으로 자살하는 녀석이 있겠냐.

"오히려 정통파 아니겠냐. 고민거리 같은 건 9할은 인간관계고, 오해를 두려워하지 않고 말하자면 괴롭힘 같은 건 흔히 있는 이유잖아."

"나는 좀 더 가벼운 패턴을 예상하고 있었으니까……."

"너는 일일이 인생을 너무 얕본다고!"

"어떻게 할래?"

"대처법은 일단 '이야기를 듣는다'겠지."

그렇게 조언했고, 아카미츠키는 쿠로하나에게서 자세한 이야기를 듣게 되었다.

"저기……, 쿠로하나, 요루예요. 1학년 10반 10번……."

그 이야기는— 자기소개부터 시작되었다.

듣는 사람은 쿠로하나의 머리를 계속 냉찜질해주는 아카미츠키.

조금 떨어진 곳에 있는 나.

"……괴롭힘이라고 말했지만, 선배들이 예상하는 것과는 조금 다를 거라고 생각해요."

"무슨 말이야?"

아카미츠키가 그렇게 묻자, 쿠로하나는 떨리는 입을 열었다.

그렇지 않아도 자그마한 몸을 한층 더 작게 만들면서.

"반 아이들한테서 폭력을 당한다든가, 노골적으로 무시당한다든가— 그런 게 아니에요. 확실히 제가 조금 붕 떠 있다는 건 알지만, 교실에서 말을 걸어 주는 사람도 조금은 있고요."

"흠흠."

"제가 괴롭힘을 당하고 있는 건, 부 활동이에요."

아카미츠키가 들은 요점을 정리하면 심플하다.

이 애는 쿠로하나 요루.

타키미사키 고교 1학년으로, 10반 보통과.

현재는 6월이고, 입학하고 나서 두 달 정도 경과했는데, 괴롭힘을 당하기 시작한 건 지금으로부터 한 달 전의 일이라는 듯했다.

"저, 사실은 보통과가 아니라 미술과 지망이었어요."
"호오."
"하지만 수험 때, 몸 상태가 안 좋아져서 실기 시험을 못 치는 바람에 보통과 시험을 보고 여기에 온 거예요. 그렇지만, 그건 딱히 괜찮아요. 수험에 실패해서 보통과로 오는 건 딱히 드문 일이 아니니까요."
"뭐, 그건 그러네."
"하지만 저는 줄곧 그림을 좋아했어요. 차마 포기할 수 없어서 부끄러움을 참고, 입학하고 나서 곧바로 미술부에 입부해서 거기서 계속 그림을 그리고 있었어요."
'우오오…….'
나는 무심코 목소리가 나올 뻔했다.
이유로서는 단순하다.
이 학교의 미술부는 보통은 미술과 학생밖에 들어가지 않기 때문이다.
아무리 그림을 좋아해도.
부 활동으로 계속하고 싶어도, 실질적으로 무리나 마찬가지인 것이다.
딱히 규칙으로 정해진 건 아니지만, 그 근처의 사정은 분위기를 파악한다고 할지, 굳이 말하지 않아도 알지? 라는 느낌이라, 보통과 학생이 미술부에 입부하는 일은 없다.
그리고 그런 가운데 쿠로하나는 혼자 있었다.

주변 전원이 미술과 사람인 가운데서 혼자.

너무 강철 멘탈이다.

하지만 그런 것들이 어째서 괴롭힘으로 이어지는 건가 싶었는데,

"그래서, 무슨 문제가 일어난 거야?"

"제가 그림을 제일 잘 그렸어요."

"……."

"솔직히, 압도적이었어요."

"……계속 말해봐."

"부 안에서 눈 깜짝할 사이에 고립되고 말았어요."

나는 '그렇겠지!'라고 말할 뻔한 걸 멈추고, 쿠로하나의 이야기를 들었다.

"뭐, 그런 부분에 대해서는 아무리 그래도 이해해요. 미술가도 아닌 신입생이 갑자기 와서, 3학년도 제칠 만한 수준의 그림을 그리면 검은 감정을 품으리라는 것 정도는요."

쿠로하나는 압도적인 재각을 갖추고 있었다.

그야말로 아카미츠키처럼, 주위 사람의 마음을 죽일 정도로—.

하지만 그녀는 아카미츠키처럼 애교를 뿌려 대는,

"금세 외톨이가 되었어요."

약삭빠른 면이 없었다.

"그리고 실력으로 당해낼 수 없다는 걸 알게 되자, 그들은 저를 배제하는 데 착수하기 시작한 거예요. 계기는 한 달 전에, 할 말이 있다며 찾아온 2학년분을 '일단 저보다 그림을 잘 그리게 되고 나서 와 주시겠어요?'라고 말하며 돌려보낸 것일까요."

"아, 그런 말 해버리는 타입이구나."

"보통은 절대로 말하지 않아요. 하지만 그전까지 작은 괴롭힘이 잔뜩 있었어요."

—그리고 그것이 점점 심해져 갔다.

책상은 사라지고.

도구는 없어진다.

미술부에서는 그림을 그릴 수 없게 되었지만, 기숙사에서 그려 제출하러 왔다.

한편, 미술부 선생님은 쿠로하나를 매우 마음에 들어 했던 모양이다.

그림을 잘 그리니 당연하겠지.

하지만 그것이 한층 미술부 부원들의 분노를 샀다.

선생님에게 그림을 보여줄 수 있으면 만족이었던 쿠로하나는 대부분의 일은 무시할 수 있었다.

하지만 바로 어제 일어난 일이라고 한다.

"제가 그린 그림을, 누군가가 훔쳐 간 거예요."

쿠로하나는 그때서야 겨우 슬퍼 보이는 눈을 했다.

"제출 기한인 날, 가방에 넣어 뒀던 모사화가 사라져 있었어요. 도구를 훔쳐 가는 경우도 있었기 때문에 가방에도 다이얼 자물쇠를 채워 뒀지만, 미술실에서 열었을 때 없어진 상태여서……, 과제를 내지 못하는 바람에 약간이기는 하지만 선생님한테 혼나서— 마음이 꺾인 거예요."

—그래서 뛰어들려고 했다는 건가.

『미술』의 재능을 가진 소녀.

주위의 반감을 살 정도의 능력을 지닌— 학살스펙 보유자.

쿠로하나 요루.

그녀는 그때, 무언가가 끊어진 것처럼,

"……정말로, ……이해할 수가 없어요, 저……, 아무것도 잘못한 게 없는데……."

눈물을 뚝뚝 흘리며 울었다.

옆에서 보고 있던 내가 당황할 정도로, 소리 높여 울기 시작했다.

그리고,

"뭐어……, 응, 신경 쓰지 마."

아카미츠키는 조잡하게 격려하고는, 그녀를 가슴에 끌어안아 위로하는 것이었다.

성가시다는 듯이.

하지만, 상냥한 선배라는 가면은 아슬아슬하게 벗지 않

는 태도로.

그리고 나는 그런 아카미츠키의 박정한 본성에 어처구니없어하면서,

"아카미츠키, 선배……."

'으응……?'

아카미츠키에게 안겨 있는 쿠로하나의 상태가,

"무척……, 다정해……."

'으으응……?'

조금 이질적으로 변한 것을 눈치챘지만, 그때는 무시하고 지나갔다.

점심시간.

대다수 학생은 구내매점에서 점심을 사서 그걸 친구들과 먹는다고 들은 적이 있다만, 그런 멋진 이벤트 같은 건 일절 인연이 없는 나는 음악실에서 점심을 먹고 있다.

아무도 오지 않고.

목소리도 닿지 않는다.

최적인 장소다.

솔직히 옛날부터 사람들의 목소리를 그다지 좋아하지 않았다.

누군가가 옆에서 이야기하고 있으면, 위의 뒤쪽이 꾸욱

짓눌리는 듯한 감각이 이어진다.

그게 불쾌해서 견딜 수 없었고, 집단 속에 있는 고통이 정말이지 참을 수 없게 된다.

조금은 극복하려고 생각했지만, 결국은 쭉 변하지 않았다.

그리고 오전 수업으로 축적되어 위의 불쾌감이 정점에 달한 나는 잰걸음으로 격리동에 향하고 있었는데,

"흐음……."

가는 길에 지나친 안뜰.

거기에는 겉치레 모드인 아카미츠키가 있었다.

혼자가 아니다.

그녀를 둘러싼 몇몇 사람들과 함께 담소를 나누며 점심을 먹고 있는 평화로운 광경과 조우한 것이다.

그리고 당연한 것처럼 그 자리에 앉은 전원이 무리 중심에 있는 아카미츠키에게 발걸음을 향하고 있다.

아름답게 울리는 목소리로 말을 늘어놓으며.

자못 즐거운 듯이 웃는 모습은 정말로 밝은 미소녀.

겉치레 모드 아카미츠키는 집단의 우두머리라고도 할 수 있는 콜로니를 완벽하게 통솔하고 있었다.

그러니— 아무도 생각하지 않을 것이다.

저렇게 즐거운 듯이 웃는 녀석이— 죽으려 했었다는 것을.

'나 참, 무슨 저런…….'

내숭.

저 즐거워 보이는 얼굴.

기분이 좋아질 정도의 웃음소리.

100점짜리 미소를 띠고 있는 저런 녀석이 실은 타인을 진심으로 혐오하고 있다고 누가 생각이나 할까.

아니, 실제로— 아무도 의심하지는 않을 것이다.

저 미소는 얄팍한 가면.

하지만 결코 간파당하지 않는, 아카미츠키가 만들어 낸 허상이다.

말인즉, 저것도 아카미츠키가 찾아낸 『공략법』이라는 것 중 하나이리라. 대인관계에서 무엇이 최적이고, 가장 좋은 방법인지 저 녀석은 확실하게 찾아내서 실천하고 있다.

과연, 하는 생각이 들었다.

확실히 그 방책을 분명하게 구성할 수 있다면 다른 사람에게 가르쳐도 도움이 될 터다.

공략법을 정리하자.

그런 말을 꺼낼 만큼, 아카미츠키는 실천으로 그 위력을 증명하고 있었다.

하지만 곁눈질로 그런 아카미츠키를 보고 있던 나는,

"저건……."

문득 다른 방향을 자세히 쳐다보게 되었다.

이유는 단순하다.

안뜰에 있는 자판기 옆에 슬쩍 숨은 한 사람— 쿠로하나를 발견했기 때문이다.

"뭐 하는 거지?"

오늘 아침의 그 애다.

결국 시간이 없다는 이유로 석방한 애다.

신경 쓰였기에 나는 그 애의 뒤쪽으로 걸어가서,

"쿠로하나 너, 뭘"

"꺄아아아아!"

"우오오오오오오!"

쿠로하나가 큰 소리를 냈기에 깜짝 놀랐다!

"아, 죄, 죄송해요. 그냥 깜짝 놀라서, ……."

"나는 그 배로 놀랐다고……."

뒤돌아보는 쿠로하나.

그녀는 그게 그러니까, 라고 말하고는,

"쿠키노세 선배죠?"

"그래. 잘 기억하고 있네. 아침에 잠깐 만난 것뿐인데."

"2학년 2반 10번. 키 174㎝. AB형. 본가는 다른 현. 애완 고양이 이름은 코루."

"만난 지 얼마 안 된 거 맞지?"

"아카미츠키 선배가 가르쳐 주셨어요."

"그 녀석, 남의 정보를 술술……."

아카미츠키에게 있어 내 개인정보는 풍선처럼 가벼운 것임이 판명되었다.

하지만 그 녀석은 진짜로 나에 관한 걸 어디서 안 걸까…….

"그래서, 뭐 하고 있었어."

"아카미츠키 선배를 보고 있었어요."

그 말대로, 쿠로하나는 자판기 뒤에서 정말로 아카미츠키를 물끄러미 쳐다보고 있을 뿐이었다.

한 손에 홍차 주스 캔을 든 채 휴식하고 있는 거예요, 라는 연출을 하면서 반 아이들에게 둘러싸여 있는 아카미츠키를 힐끔힐끔 보고 있었는데,

"아름다워……."

쿠로하나는 뺨을 살짝 빨갛게 물들이고는, 마치 달뜬 것만 같았다.

아니, 그보다 달떠 있었다.

"쿠키노세 선배……."

"왜."

"봄은 오는 법이네요."

"막 끝난 참이야!"

6월 중순이니까 말이지!

"……야, 쿠로하나. 혹시나 하는데, 너."

"네. 아카미츠키 선배를 사랑해 버리고 말았어요."

"……."

사랑이라니…….

"오늘 아침까지의 절망감이 거짓말 같아요. 좁아져 있던 시야가 화악 트인 느낌이라고나 할까요? 아카미츠키 선배한테 모든 것을 털어놓고, 마지막에 끌어안겼을 때, 제 마음속 깊은 곳에 가라앉아 있던 진흙 같은 것이 싹 사라졌어요. 기분은 뜨겁디뜨거운 한여름이에요."

"봄 아니었냐."

"만나고 싶은 마음은 일일천추(一日千秋)예요."

그렇게 말하며 아카미츠키 관찰로 돌아가는 쿠로하나.

거기에는 이미 절망적인 표정으로 바다를 바라보고 있던 오늘 아침의 가련한 소녀는 없었다.

단순한 스토커가 거기에 있었다.

……잘됐네, 아카미츠키.

진짜로 심각하게 자살을 생각하려던 녀석이 아니었다고.

아니, 오히려 정말로 심각하게 고민하는 녀석인 편이 더 나았던 것 아닐까 하는 생각이 들 정도로, 회화(繪畵)의 학살스펙— 쿠로하나 요루는 아카미츠키랑 마찬가지로 그 나름의 인격을 가진 모양이었다.

하지만 거기까지 생각하고, 나는 손에 있는 빵의 존재를 떠올렸다.

야식용과도 맞춰서 샀기에 한 끼 먹기에는 충분하고도 넘칠 정도의 수…….

"저기, 쿠로하나."

"네?"

"점심은 먹었어?"

점심시간이 시작됨과 동시에 아카미츠키를 찾으러 온 것이리라.

역시나 쿠로하나는 "아니요."라며 고개를 가로저었다.

"학교에서 파는 빵은 기본적으로 퀄리티가 낮죠."

"바로 지금 그 빵을 먹고 있으면서 할 말은 아니지만, 확실히 이상하게 완성도가 낮긴 하지. 뭐라고 할지, 향상심의 조각도 없다고 해야 할까, 특히 야키소바빵 같은 건 이름이 지닌 이미지 그대로라 초등학생이 만든 것처럼 조잡한 느낌이라든가, 질척질척한 메론빵이라든가."

"선배는 그다지 직접 요리를 하지 않으시나요?"

"오히려 기숙사에 살면서 도시락 만드는 남자를 찾아내 와보라고……, 있을 리가 없잖냐……."

"저는 기숙생이지만 만들고 있는데요?"

"네가 기특한 것뿐이야."

그런 대화를 나누면서.

나는 후배인 쿠로하나 요루와 함께 점심을 먹고 있었다.

구내매점에서 산 빵 2개 정도를 쿠로하나에게 주자, 수제 도시락과 곁들여 먹고 있다. 빵의 답례로 쿠로하나가 도시락 반찬을 몇 가지 나눠줬는데, 어느 것이고 냉동식품 같은 게 아니라 직접 만든 것이라 맛있었기에 솔직히 대단하다고 생각했다.

귀여운 후배와의 점심 식사.

서로 먹을 것을 나누어준다는 화기애애한 식사.

하지만 그것들은 어디까지나 전 단계다.

진정한 목적이 아니다.

어째서냐면 내가 쿠로하나한테 권한 것은, 오늘 아침의 일을 다시금 해결하기 위해서이기 때문이다.

여하간 자살 미수를 저지르려고 했던 애다.

지금은 완전히 기운이 넘치지만, 또 무엇이 원인이 되어 그렇게 될지는 알 수 없다.

그렇기에 여기서 이야기를 자세히 들어 두고자 생각했다.

하지만,

"아카미츠키 선배는 연인이 있을까요?"

"글쎄……."

"좋아하는 사람이라든가, 친한 사람 같은 건?"

"있을까?"

"으음~. 그런 것들을 본인에게 묻는 건 꺼려진단 말이죠."

"하아."

"하지만 그런 두근거림도 좋죠!"

…….

뭔가 즐거워 보였다.

그리고 빠르게도 내 안에서 쿠로하나의 자살에 관해 물어볼 생각(의욕)은 완전히 사라져 있었다.

지금 내 마음속은 '이제 됐나'로 메워지고 있다.

……아니, 처음에는 진지하게 이야기를 꺼내려 했다고.

진지한 분위기로 만들고 싶었어.

하지만 이 방에 와서부터— 아니, 오히려 점심시간에 만나고 나서부터도 쿠로하나는 아카미츠키에 관해 이야기하면서 꺄아, 꺄아 하고 있단 말이지.

이런 녀석 상대로 어떻게 진지한 분위기로 만들면 되는 거냐고.

"그나저나, 그러고 보니, 말인데요."

"응?"

"아카미츠키 선배랑 쿠키노세 선배는 여기서 뭐 하고 계시는 건가요?"

"뭐라니."

나는 조금 고민하다가,

"음악 활동 하고 있는데."

"하지만 아카미츠키 선배는 테니스부죠?"

"겸부(兼部)하고 있는 거야. 아카미츠키는 테니스부랑 여기에 같이 소속되어 있어."

거짓말이다.

이곳의 정식 부원은 여전히 나 한 명.

하지만 이 자리의 거짓말로 통할 정도라면 충분하려나 하고,

"하지만 선배. 이 학교는 겸부 금지예요."

생각하고 있었더니, 통하지 않았다.

"어? 진짜?!"

"네. 부 활동에 들이는 부담을 줄이기 위해서예요. 하지만 선배가 겸부라고 말한 것과 진짜냐고 말한 것도 포함하면, 역시 아카미츠키 선배는 정식 부원은 아닌 것 같네요."

"……."

그리고 여기서 판명.

쿠로하나, 그럭저럭 영리한 애였다.

모순을 확실하게 파고든다.

이 이상 아무렇게나 대충 말할 수 없다.

"자, 그럼 쿠로하나."

"네."

"타임아웃."

"또 인가요?! 뭔가요! 제가 주위랑 험악해진 사이에, 세상에서는 타임아웃을 부르는 게 당연해진 건가요?!"

그나저나— 이것 참.

여기서 뭘 하고 있었냐는 질문을 듣고, 곤란해진 나는 복도로 나와 휴대폰을 꺼냈다.

아카미츠키에게 상담하기 위해서다.

쿠로하나한테 인생 공략본 제작에 관해 이야기해도 좋은지에 대한 확인이다.

하지만 아카미츠키에게 전화를 걸자 곧바로 받아 주기는 했는데,

"미안. 나중에 다시 걸 테니까."

그런 말을 하며 끊어 버렸다.

바쁜 녀석이었다.

"뭐, 됐나……."

그러고 나서 잠시 혼자서 고민하여 결정했다.

딱히 말할 필요는 없을 것이라고.

겸부가 어쩌니 하는 이야기는 적당히 얼버무리거나 착각이라고 말하면 납득하겠지.

결정한 나는 음악실에 돌아갔다.

조금 기다리게 해서 그런지, 쿠로하나는 창가로 이동하여 그림을 그리기 시작하고 있었다.

아무래도 짬이 생기면 그림을 그리는 타입인 모양이다.

손에 들고 있던 건 노란 스케치북.

연필을 사삭사삭 움직이고 있다.

집중하고 있는 모양이라 쿠로하나는 나를 알아차리지 못하고 있다.

나는 뒤로 돌아가서 그 그림을 들여다봤다.

거기에 그려져 있던 건 틀림없는 아카미츠키의 모습이었다.

연필화지만 엄청나게 뛰어나다.

단번에 아카미츠키라는 걸 알 수 있다.

외견의 특징뿐만이 아니라, 그 녀석의 분위기를 가벼운 데생으로 확실하게 그려내고 있다.

……과연.

확실히 단시간에 이 정도 그릴 수 있다면 미움받을 만도 할 것이다.

"아카미츠키가 좋다는 말은 사실인가 보군."

"어, 아, 네."

쿠로하나한테 말을 걸며 나는 그녀의 이야기를 듣기 위해 옆쪽 의자에 앉았다.

"원래부터 알고 있었어?"

"네. 제가 입학했을 때 처음으로 본 선배고, 멋있었으니까요."

"겉모습뿐이냐."

"저, 강한 사람을 좋아해요."

쿠로하나는 연필을 멈추지 않고 계속했다.

"강해?"

"네. 선배는 바로크라는 말을 들으면 뭔지 아시나요?"

"……바로크?"

"네. 미술사에서 자주 쓰는 말인데요."

하지만 일상에서는 거의 쓰지 않는 단어.

당연히 미술 같은 건 전혀 모르는 나는,

"……바로크라는 건 피아노라면 바흐를 가리킬 때 정도밖에 쓰지 않으니까 잘 모르는데."

"한마디로 말하자면, 르네상스 시기 유럽에서 유행했던, 그저 한결같이 강인함을 가치관으로 삼았던 미술 양식인데요."

쿠로하나는 손을 멈추지 않는다.

호흡하는 것처럼 그림을 그려나간다.

"16세기 후반 유럽은 매우 거칠어진 상태라, 전쟁이라든가 권력 다툼투성이였기에 싸움에 이기는 것이 전부였어요. 전제군주에 가까운 왕권과 불신의 정점에 있었던 종교 세력이 대립하는 환경 속에서 가장 많이 요구되었던 것은 강한 힘— 바로크라는 건 그 강력한 힘의 강건함과 긴장, 신성(神性)을 특징으로 삼은 미술 양식이에요."

"호오."

"이 시대에 많은 화가가 활약했어요. 교회는 하느님의 위신을 알기 쉽게 민중에게 전하기 위해서 마초답고 멋있는 그림을 화가에게 잔뜩 그리게 하여 광고했었고, 왕권 쪽도 화가에게 돈을 줘서 권위를 나타내는 훌륭한 건물이나 전쟁 그림을 그리게 했어요."

압도적인 강력함.

누구나가 한눈에 이해할 수 있는 신위를 그 진수로 삼는 것.

그것이 바로크라는 미술 문화라는 듯하다.

강한 힘의 상징.

그림을 그리는 사람에게는 기초적인 지식이라는 모양이다.

"그게 어쨌다는 거야?"

"아카미츠키 선배는 그야말로 그 바로크예요."

"일본어 이상하지 않아?"

"하지만, 그렇다고요!"

나중에 듣자니.

쿠로하나가 그림을 그리기 시작한 것도 원래는 바로크 쪽 예술이 영향을 줬다던가.

페르메이르니, 벨라스케스니, 루벤스니 뭐니 하는 사람들.

나는 루벤스라고 들어도 개가 죽는 그것밖에 떠오르지 않는 인간이기에 흘려듣고 있었지만, 쿠로하나 말에 의하면 그 그림들은 마음에 연약함이 있는 사람에게 꽂히는 예술이라는 것 같다.

"저는 옛날부터 아무것도 못 했어요. 공부도 서툴고, 운동도 못 하고, 그렇다고 해서 누군가랑 말을 잘 할 수 있는 것도 아니어서……."

"……귀가 따갑군."

"하지만 아버지가 권해 준 그림은 저를 지켜 줬어요."

그림을 그리는 것.

그건 쿠로하나에게는 방패였다고 한다.

능력을 나타내는 것이자 자기 스펙의 근저.

"말을 하지 않아도 괜찮고, 다른 사람 같은 건 신경 쓰지 않아도 되고, 무엇보다 결과도 다른 사람보다 잘 낼 수 있었어요. 하지만 역시 전 근본적으로는 약하고, 변함이 없어서— 강한 존재를 향한 동경은 쭉 변하지 않은 거예요."

사람이 예술에 갈구하는 것.

그것은 자신에게 부족한 것이라고 한다.

연약함을 자각하는 인간은 절대적인 가치를 창작에서 추구한다.

용기가 없는 사람은 전쟁이나 육체의 표현을 거기서 찾

으려고 한다.

쿠로하나의 경우에는 강인함이었다.

자신의 나약함.

변하지 않는 것.

그것을 덧칠해 줄 바로크적 가치가 쭉 마음속 깊은 곳에 있다.

"제 전공도 본래는 유화였고요. 그러니 이 고등학교에 들어와서 아카미츠키 선배를 처음 봤을 때는 충격이었어요. 저의 동경이 그대로 그곳에 존재했으니까요."

"하지만 너 자신은 그대로였다는 말이야?"

"네……. 이 학교에서 보통과인데 공부도 못하고…… 요전 시험도 처참했고, 체육 때는 벌써부터 따돌림당하고 있고, 미술부에서는 괴롭힘을 당하고…… 대화해 주는 친구도 솔직히 말하면 미에랑 유키가 가끔 말을 걸어 주는 정도라……."

그 두 사람이 누군데, 라고 말하려고 생각했지만 멈췄다.

그때의 쿠로하나의 표정과 어조.

그것이 정말로 '가지지 못한 자'밖에 지을 수 없는 것이었기 때문이다.

문득 떠올렸다.

내가 조금 전에 말을 걸었을 때, 이 애는 홀로 덩그러니

안뜰에 있었다. 같이 밥을 먹자며 말을 걸었을 때 거절당하지 않은 건 달리 우선해야 할 친구가 없었기 때문이다.

……그런 환경에서 올려다본 아카미츠키라는 존재.

눈부시게 비쳤을 터다.

반짝반짝하고.

무엇이든 가지고 있으며, 자신감에 넘치는— 저 학살자의 모습은.

내게는 밉살스럽고 질투의 대상에 지나지 않는 아카미츠키의 웅장한 모습도, 평범한 사람이 보면 동경의 대상에 지나지 않는다. 그건 무언가 재능을 가진 사람이라 할지라도 예외는 아닐 것이다.

설령 그림이라는 뛰어난 스펙을 갖춘 쿠로하나라도—.

마찬가지로 외모가 뛰어난데도 그것만으로 그치지 않는 아카미츠키의 모습.

그건— 아름답고.

"그래서."

쿠로하나는 말한다.

"아카미츠키 선배는 저의 변하지 않는 동경이에요."

—그런 말을 하고 나서 수 분.

쿠로하나는 계속 그림을 그리고 있었다.

도중부터 집중하기 시작했기에 나도 말참견하지 않고 묵묵히 옆에 앉아 시간을 때웠다.

점심시간이 끝날 때까지 앞으로 15분 정도가 남아 있었다.

그렇게 멍하게 있으면서, 약간 시간이 지났을 때였다.

나는,

"응……?"

쿠로하나의 낌새가 이상하다는 걸 알아차렸다.

뭘까.

어째 그림을 그리며 창밖을 힐끔힐끔 보고 있는 것이다.

남쪽 방향.

아무것도 없는 공간.

나는 그 방향에 문득 시선을 향했다.

남쪽 교사 4층이었다.

거리상으로는 30m 정도 떨어져 있다. 쿠로하나는 그 건물 4층의 빈 교실을 간헐적으로 보고는 스케치북에 시선을 되돌리고, 베껴 그리는 것처럼 묵묵히 그림을 그리고 있었다.

무엇을— 보고 있는 것일까.

미술의 재능을 가진 자에게만 보이는 것—.

그런 것이라도— 있는 걸까.

신경이 쓰인 나는 음악실에 방치되어 있던 쌍안경을 손

에 들고 그 교실을 들여다봤다.

속옷 차림의 아카미츠키가 있었다.

"푸웁!"
"우왓, 갑자기 뭔가요!"
"그야 뿜기도 하겠지! 너, 뭘 보고 있는 거냐?!"
묵묵히 작업을 하고 있던 쿠로하나.
늠름한 얼굴로 연필을 움직이는 옆모습은 약간 귀기가 느껴졌는데,
"진지한 얼굴로 옷 갈아입는 걸 엿보고 있었다니, 뭐냐고!"
"오, 오해예요!"
쿠로하나가 설명하기 시작했다.
"아카미츠키 선배가 옷을 벗기 시작한 건 마침 지금이란 말이에요!"
듣자니.
나와 대화를 멈추고 나서 십 수 초 후의 일이라는 듯했다.
남쪽 교사 4층 빈 교실에 아카미츠키가 갑자기 나타났다는 모양이다.
쿠로하나한테는 멀리서도 모델 인물을 직시할 수 있는

환경이 된 것이다.

그때부터 아카미츠키를 곁눈질하며 그림을 그리고 있다가, 내가 들여다봤을 때 마침 옷을 갈아입기 시작했다는 것이었다. 하지만,

"이 거리에서 얼굴을 똑똑히 볼 수 있다니, 대체 어떻게 되어 먹은 눈이야."

"저, 나안이 2.4거든요."

"현대 일본에 있을 수 없는 시력!"

"신기하게도 시력은 좋단 말이죠."

"아니 그보다, 아카미츠키는 저런 곳에서 뭘 하고 있는 거지."

조금 전에 전화했을 때는 '바쁘다'라고 하면서 전화를 끊었다.

저게 볼일인가?

의미를 알 수 없다.

"저기, 빈 교실이잖아."

"글쎄요."

그렇게 말하면서.

아카미츠키가 옷을 갈아입고 있는 교실을 계속 쳐다보는 쿠로하나.

"……와앗, 브래지어도 벗기 시작했어요."

"진지한 얼굴로 실황하고 있을 때냐!"

빰을 빨갛게 물들이는 소녀.

실로 소녀다운 느낌.

하지만 하고 있는 짓은 단순한 엿보기다.

"인제 그만 적당히 눈 돌려!"

"괘, 괜찮잖아요! 쿠키노세 선배야 어쨌건, 저는 동성이니까요! 설령 아카미츠키 선배가 이대로 전라가 된다고 할지라도, 저한테는 계속 볼 권리가 있다고 생각하는데요!"

"욕정이 포함된 경우는 별개 아니냐?!"

"저는 나쁘지 않아요!"

아닌 게 아니라 쿠로하나는,

"나쁜 건 저런 곳에서 옷을 갈아입고 있는 아카미츠키 선배가 아닐까요?!"

…….

이렇게나 지독한 태도 돌변이 있었을까.

하지만 그런 대화를 거치는 과정에서— 나는 알아차려야만 했다.

엿보기를 계속하고자 쿠로하나가 시선을 되돌렸다.

그때였다.

"어?"

쿠로하나가 굳었다.

허공을 보면서 경직된다.

당연하리라.

검은 덩어리가 이쪽을 향해 날아오고 있었으니까.

"……쿠로하나!"

내가 쿠로하나를 끌어안는 것과 동시에 귀를 찢을 듯한 소리가 울렸다.

유리창이 산산이 깨졌다.

날아온 물질은 음악실 창문을 파괴하고, 책상에 튕긴 뒤 내 앞으로 굴러왔다.

소름이 오싹 돋았다.

――날아온 물건.

유리창을 깬 것의 정체.

그것은 칠판 지우개였다.

무게는 2kg 정도.

녹색인 그것.

수업을 뒤에서 보조하는 멋진 녀석.

파괴성이라고는 손톱만큼도 없을 터인 그런 플라스틱 제품이 유리창을 와장창 깨부수고 들어왔다는 사실에 나와 쿠로하나는 전전긍긍하며 덜덜 떨고는, 그 자리에서 움직일 수 없었다.

그리고,

"말해 두겠는데."

쾅, 하고 열리는 문.

"지금부터 하는 짓은 적반하장이니까."

"알고 있다면 자중하라고!"

"엿보기 범죄자가 무슨 말을……."

숨을 거칠게 내쉬며 등장한 아카미츠키.

맞은편 서쪽 교사에서 뛰어서 여기까지 온 것이리라.

머리카락이 흐트러져 있었다.

잘 보니 옷도 흐트러져 있다.

"확실히 무방비하게 갈아입고 있던 내가 나쁘지만, 설마 맞은편 교실에서 엿보고 있을 줄이야. 격리동에서 저 교실이 보이는 건 알고는 있었지만, 완전히 방심하고 있었어."

"아니, 방심이고 뭐고."

받아친다.

"뭘 하고 있었던 거야. 저런 빈 교실에서 옷을 갈아입다니."

"그 왜, 전에 지갑 훔쳤을 때, 쿠키노세 군한테 손쉽게 트릭을 간파당했잖아."

"아아. 뭐, 그랬지."

있었지, 그런 일.

하지만,

"그게 어쨌다는 건데."

"설욕해주려고 생각해서."

"뭐야, 설욕이라니."

"교무실 금고를 훔칠까 하고 말이지."

"너는 정말로 뭘 하려고 했던 거냐?!"

아카미츠키의 말을 듣고, 그녀의 짐을 봤다.

거기서는 변장 도구로 짐작되는 의상과 밧줄 일부가 튀어나와 있었다.

왠지 모르게 상상이 된다.

아마도 변장으로 감시 카메라와 교원의 눈을 속이고, 어떠한 방법으로 밧줄을 이용해 교무실에서 금고를 훔쳐 나오려 했던 것이리라.

실행 거점으로 삼은 것이 저 빈 교실.

평소에는 아무도 사용하지 않고, 사람의 왕래도 없는 넓은 공간.

계획 실행에는 최적의 장소일 것이다.

저번에는 상황을 활용하여 지갑을 훔치는 바람에 내게 들켰지만, 특정한 의미를 가지지 않는 장소를 활용한다면 그리 쉽게 판명되지는 않을 터다.

구체적인 트릭은 알 수 없다.

하지만 아카미츠키라면 한낮의 교무실에서 금고를 훔쳐 내는 것 따위 식은 죽 먹기일 것이다.

대담한 녀석이다.

하지만 칭찬받을 일은 아니다.

진짜로 범죄잖아.

"……깨진 유리를 어떻게 할까 하고 여러 가지로 생각하고는 있지만, 일단 도중에 멈출 수 있어서 다행이야. 이 방에서 범죄자를 낼 뻔하던 참이었어."

"그만두는 편이 좋아?"

"부디 꼭."

"흥."

아카미츠키는 콧방귀를 끼었고.

진정된 모양이라, 흐트러져 있던 머리카락을 손으로 빗어 정돈해 나갔다.

그리고,

"그래서, 유리창이야 어쨌건."

아카미츠키는 손가락으로 가리켰다.

"그 애는 어떻게 할까?"

"아……."

잊고 있었다.

아카미츠키가 가리킨 곳에 있는 건 마룻바닥 위에서 아직 떨고 있는 소녀.

어지간히 무서웠던 것이리라.

허릿심이 빠진 채 일어서지 못하고 있다.

괴롭힘당하는 아이— 그림의 학살 스펙 '쿠로하나 요루'.

하지만 아카미츠키를 동경하는 그 소녀는 아카미츠키 속에 숨겨져 있던 흉포한 본성— 방약무인하고 거칠며, 태도도 최악인 그녀의 정체를 목도하고,

"하, 하하……."

작게 쓴웃음밖에— 짓지 못하고 있었다.

—자, 그럼.

아카미츠키의 정체를 아는 인간은 적다.

하지만 무슨 방심을 한 것인지, 나와 쿠로하나에게 알려지게 되었다.

보통이라면 꼬리를 말고 도망칠 정도의 시꺼먼 뱃속.

그것이 진짜 모습이라는 것을.

타인을 태연하게 깔보고, 상처입히는 것을 주저하지 않는 정도를 넘어서 미안하다고도 생각하지 않는 아카미츠키에게 있어서는 상냥한 성격 따위 단순한 겉치레이자 모조품에 지나지 않는다는 것을.

동경했던 상대는 터무니없는 사기꾼이었다는 것을.

쿠로하나는 알아 버리고 말았다.

하지만,

"아, 쿠키노세 선배."

방과 후가 되어 격리동으로 가고 있는 도중이었다.

뒤에서 말을 걸어 온 것은 그 쿠로하나였다.

점심때의 쇼크 따위 잊어버린 것처럼, 밝은 미소를 흩뿌리며 이쪽으로 다가온다.

"어, 어어……."

"음악실에 가는 거라면 같이 가요."

……으음—.

어떻게 반응해야 할지 곤란하다.

쓴웃음밖에 지을 수가 없어.

아니, 확실히 객관적으로는 별것 아닌 광경일 것이다.

실제로 지금의 쿠로하나는 그야말로 '귀여운 후배'를 체현한 듯한 존재이며 그것도 만들어 낸 듯한 인공물 같은 것이 아니라, 쿠로하나 요루라는 하나의 인격이자 천성의 행동거지다.

인정할 수밖에 없으리라.

쿠로하나는— 너무나도 많은 재능을 가지고 있는 것이다.

그림뿐만이 아니다.

그 재각은 어디까지나 이 소녀를 구성하는 일부분이다.

쿠로하나는 또 하나의 압도적인 재능—『외모』에 관해서도 학살스펙을 지니고 있다.

지금까지는 표정이 어두웠으니까 그렇게까지 눈에 띄지

않았지만, 이렇게 즐거운 듯이 미소를 띠고 있으면, 아카미츠키한테도 꿀리지 않는 귀여움이 명백히 드러난다.

그야 괴롭힘당할 법도 하다.

당연하다.

쿠로하나 자신은 깨닫지 못하고 있겠지만, 부원들에게서 괴롭힘을 당한 건 그림 실력 같은 것보다도 외모의 비중이 절대적으로 클 것이 뻔하다.

그림을 엄청나게 잘 그리고.

이렇게나 외모가 뛰어난 것이다.

내가 동성이었다고 하더라도 분명 괴롭혔을 것이다.

이 소녀도 아카미츠키랑 마찬가지로 자각 없이 주위 사람의 마음을 죽여 왔다.

외모는 중요하다.

특히 학생 시절에는 계급과 직결된다.

멋을 내고자 노력하거나 다이어트를 목표로 삼아도, 아무런 고생도 없이 압도적인 외모를 뽐내는 이 쿠로하나를 봐 버리면 반드시 마음이 꺾이고 만다.

나는 저렇게는 될 수 없다.

하지만 쿠로하나는 그렇게 좌절하며 꺾여 간 사람들을 자각하지 않고 여기까지 왔다.

무자각이었으리라.

무의식이었으리라.

그리고 타고난 그 재능이라는 것은,

'그림뿐만 아니라, 외모의 스펙…….'

어떻게 해도, 내게는 넌덜머리 나게 느껴진다.

'…….'

……패배자 근성이 찌들어 있었군.

나보다도 축복받았다는 것만으로도 상대에게 좋은 감정을 품지 못하다니.

아니, 일단 나 스스로는 한심하다고 생각하고 있다고?

하지만 열등감이라는 건 좀처럼 씻어낼 수 없는 것이니까 어쩔 수 없잖아.

"그게 말이다."

그리고.

쿠로하나한테 뭐라고 말할지 망설이고 있었더니,

"아카미츠키 선배는 이상한 사람이죠."

"어? 으, 으응?"

"갑자기 공략본 제작을 도우라니."

음악실까지 같이 가는 흐름인 듯, 쿠로하나가 먼저 입을 열었다.

"……여러 가지로 이야기하기 전에, 이 자리에서 이것만큼은 정정해 두겠어. 아니야, 쿠로하나. 이상한 사람이라는 건 아카미츠키에 한해서는 잘못된 표현이라고."

"네? 그런가요?"

"그 녀석은 사람이 아니야."

"거기는 무너뜨려서는 안 되는 전제 아닌가요?!"

"어떻게 생각해도 괴물이잖냐. 어느 세상에 칠판 지우개를 30m 던져 날리는 녀석이 있냐고. 어떻게 되어 먹은 어깨야. 무심코 잊어버릴 것만 같지만, 음악실 유리창은 이 순간에도 아직 산산이 깨진 채니까 말이다."

"아, 자기 영역이 어지럽혀진 걸 은근히 화내고 있었던 거군요."

"화낸다기보다 어이없어하고 있는 거야."

나는 시선을 돌리고는,

"터무니없는 아카미츠키한테도, 지금의 쿠로하나한테도."

쿠로하나를 봤다.

"저 말인가요?"

"아카미츠키의 본성을 봤는데도, 그걸 전혀 신경 쓰고 있지 않은 점 말이다."

"아아……."

"그것뿐만이라면 그나마 낫겠지만, 미술부를 그만두고 이쪽 부에 들어와 아카미츠키의 활동을 돕겠다고 말하질 않나……."

점심시간, 쿠로하나는 아카미츠키의 정체를 알게 되었다.

당연히 그 흉악함에 아연해할 거라고 생각했지만, 쿠로하나는 유리가 깨져 놀랐던 것에서 회복하자, 나뿐만이 아니라 아카미츠키조차 경악할 반응을 보였다.

쿠로하나는 불쑥 일어나서는 아카미츠키에게 다가가더니,

'저, 선배랑 같이 있고 싶어요.'

그렇게 말했다.

한편 아카미츠키는 쿠로하나의 그런 겁 없는 말을 듣고,

"뭐? 농담이지?"

약간 예전 쇼와* 시절에나 할 법한 반응을 보인 것이었다.

어쨌든.

그 뒤로 이야기는 척척 진행됐다.

쿠로하나의 반응에 동요하고 말았지만, 아카미츠키는 쿠로하나가 원하는 대로 이 방에서 나와 뭘 하고 있는지를 그녀에게 이야기하게 되었고, 쿠로하나도 그걸 하고 싶다고 말하기 시작한 것이다.

—인생 공략본 제작.

그런 농담 같은 계획을.

우여곡절의 전말.

쿠로하나 요루도 아카미츠키의 기묘한 활동에 가세하게 되었다.

---

* 1926년~1989년

그뿐이다.

"저기 말야, 쿠로하나."

"뭔가요?"

나는 말한다.

"어째서 아카미츠키를 돕겠다는 말을 한 거야. 너, 딱히 아카미츠키처럼 이상한 사명감에 불타고 있는 것도 아니고, 나랑 다르게 강제당한 것도 아니잖냐."

"아카미츠키 선배를 좋아하기 때문인데요?"

"환멸 안 했냐."

말하지 않을 수 없다.

아카미츠키의 근본은 결코 남에게 호감을 살 만한 것이 아니기 때문이다.

"그 녀석의 본성은 상당히 시꺼멓다는 걸 눈앞에서 봤잖냐."

"뭐, 확실히 유리창을 태연하게 깨거나 지갑을 훔치거나 교무실 금고를 훔쳐내려고 한 것은 솔직히 질색했지만요."

"질색했었냐."

"그래도, 뭔가 안심했어요. 아카미츠키 선배도 나름 미주(迷走)하고 있는 사람이구나 싶어서요."

……아카미츠키.

너, 후배한테서 미주하고 있다는 말을 듣고 있다고.

"그렇게 강한 사람이라도 헤매는 경우가 있다. 그걸 알게 되어서 오히려 잘됐어요. 게다가 미술부는 어차피 그만둘 생각이었고, 갈 곳이 없다면 모처럼이니 멋진 선배가 있는 곳이 좋고, 그림을 그릴 장소도 필요했으니까요."

"생각보다 실익에 특화된 이유였군."

"그러니 잘 부탁드릴게요, 선배?"

쿠로하나는 웃었다.

그 미소를 봤더니 이 이상 더는 아무 말도 말자는 생각이 들었다.

그리고.

잡담이 끝날 무렵, 쿠로하나가 먼저 교실에 들어갔고, 나도 문을 지나려 한 순간이었다.

"잠깐."

"으읍!"

입이 틀어막힌 채 옆방인 창고로 끌려 들어갔다.

확인했더니, 아카미츠키였다.

"뭐냐, 갑자기 납치 같은 짓을 하고."

"어떻게 할 거야, 저 애."

쿠로하나를 말하는 것이리라.

점심시간에는 기세에 휩쓸려 허용해 버렸지만, 지금에

와서 생각을 고쳐 먹은 모양이다.

"어떻게라니…… 딱히 곤란할 건 없잖아."

"내 본성을 알고 있는 인간을 늘리고 싶지 않다는 말이야."

흥, 하고 어처구니가 없다는 듯이 한숨을 내쉬었다.

아카미츠키는 벽에 등을 댔다.

팔짱을 끼고 근심에 잠긴 듯한 그 모습은 어둑어둑한 창고 안에서도 뭔가 모양새가 그럴싸했지만, 지금은 절찬리에 곤란한 상황인 듯 어딘가 안절부절못하는 느낌이었다.

"아니……, 정체가 발각된 건 인제 와서 새삼스러운 일이잖아. 기억 같은 건 지울 수 없으니까, 저 애가 비밀을 쥐고 만 건 어쩔 도리도 없어. 포기해."

"으음."

아카미츠키는 내 말을 듣고는 약간만 생각하더니,

"저기, 쿠키노세 군."

"뭐야."

"바다가 가까워서 다행이네."

"쿠로하나한테 무슨 짓을 할 생각이냐, 너?!"

"자살로 꾸며서 바다에 가라앉힌다— 응, 냉정히 생각해 보니 더할 나위 없는 시츄에이션이지."

웃는 아카미츠키.

엄청나게 상쾌한 미소.

반 애들이랑 같이 있을 때보다 훨씬 멋진 미소.

……진짜 미소를 이런 대화에서 보게 될 줄이야.

이쪽의 예상을 번번이 빗나가는 녀석이다.

"설령 시체가 발견되어도, 괴롭힘을 당하고 있었다는 정황 증거가 있는 한 그 부원 애들이 대신 의심받아 줄 테고, 자살한 시체라면 익사로 꾸미면 쉽게 위장할 수 있고. ……아아, 어째서 이런 간단한 걸 깨닫지 못하고 있었던 걸까! 좋아, 그렇게 결정되었으면 저 애를 적당히 구슬려서 유서를 쓰게 하자!"

"이런, 조금 전부터 고등학교 생활에서 절대 쓰지 않을 말밖에 나오지 않고 있어!"

유서라든가.

위장이라든가.

익사라든가.

"아니, 진짜로 좀 기다려. 아카미츠키."

"뭔데."

"죽인다 운운하지 말고, 평범하게 활동을 돕게 하면 되잖아. 그 녀석 친구 없는 듯하고, 아카미츠키가 신경 써서 입막음하면 아무한테도 말하지 않겠지."

"입막음?"

"어디에 반응하고 있는 거냐. 네가 생각하는 그런 흉흉한 의미가 아니라, 평범하게 딴 사람한테 말하지 못하게 일러두라는 거다. 게다가 아침에 정해진 『외모』라는 항목을 만든다면 그림을 잘 그리고 미적 감각이 있는 쿠로하나는 필수잖아."

"……."

"나쁜 녀석은 아니고, 오히려 기분 좋을 정도로 착한 녀석이니까 말이야."

"그건, 뭐어."

"그리고, 아카미츠키한테도 좋은 자극이 될 거라고 생각한다고. 동물 테라피로 더러워진 마음을 씻어 줘."

"자연스럽게 저 애를 강아지 취급하는 쿠키노세 군도 어련해."

아카미츠키는 그러고 나서 조금 생각 타임에 들어갔다.

그리고 무언가 매듭이 지어진 듯하여,

"……알았어. 조금만, 가까이 다가가면 되는 거지."

"그래."

"그걸로 안 된다면 가라앉혀도 된다는 거지?"

"그런 말은 안 했어!"

아카미츠키는 커다란 양보를 하고, 내 제안을 받아들여 음악실로 돌아갔다.

그리고 내가 약간 시간을 두고 음악실에 들어가자,

"요루 짱. 거기는 웅크려서 나아가는 편이 좋을지도."
"총에 맞을 것 같아서 나아가기 힘들어요~."
"상대는 그렇게 잘하는 사람이 아니니까. 겁먹지 않아도 돼."
조금 놀라운 광경.
아카미츠키와 쿠로하나가 사이좋게 게임을 하고 있었다.
온화한 분위기라, 어쩌면 아카미츠키가 타고난 요령으로 연기하고 있는 걸지도 모른다고 생각했지만,
"아~, 아마 그쯤에 폭탄 설치해 놨을 거야."
"네? 어떻게 그런 걸 아시―는, 꺄악! 진짜로 밟아 버렸어요!"
"뻔한 전술이거든. 패턴을 외우지 않으면 못 이길 거야―."
―나름 즐거운 듯이 지내고 있었다.
나한테는 보는 눈이 없다.
하지만, 그렇다고 하더라도 쿠로하나와 함께 게임을 하고 있는 이 자리의 분위기와, 조금 귀찮아하는 듯하면서도 어조는 들떠 있는 아카미츠키의 모습이 연기는 아니라고 어딘가 확신할 수 있었다.
아카미츠키는 남을 싫어하는 것은 아니다.
연기하는 것이 옛날부터 버릇이 되어 있었던 것뿐.

쿠로하나도 결코 음험한 아이가 아니다.

주위와 다소 잘 맞지 않았던 것뿐이다.

그렇게 생각하면— 이 두 사람은 의외로 상성이 좋았던 것이리라.

좋은 만남이라는 건 틀림없다.

단지,

"거기서 왼쪽, 두 명 죽여, 폭탄 던져!"

"네! ……아, 죽였다! 죽였어요! 폭살(爆殺)시켜 줬어요!"

하고 있는 건 전쟁 게임이었지만.

필연적으로 만난— 자살을 기도한 소녀 두 명.

그 눈앞에 비치는 광경은 새빨간 전장.

질척질척한.

피투성이 세계지만.

……뭔가, 여러 가지로 어긋나 있구만!

“슬슬 공략본의 실천 단계로 이행하고자 해.”

이틀 뒤.

쿠로하나 요루와 관련된 한바탕 소동에 매듭이 지어지고 조금 뒤의 일이었다.

나는 제작 도중이었던 공부 『초급편』 항목으로 골치를 앓고 있었고, 쿠로하나는 아카미츠키에게서 인생 공략본을 만든다는 내용에 관해 다시금 이야기를 듣거나 미술부와의 말썽을 정리하고 있었는데, 그사이에 아카미츠키는 어떠한 준비를 하고 있었던 모양이었다.

그리고 내뱉은 『실천 단계로 이행한다』는 말.

하지만 그 의미는 전혀 이해할 수 없다.

“뭐야, 실천이라니.”

“그대로의 의미야. 지금 기사를 만들고 있는 공략법이 잘 먹힐지 실제로 시험해본다는 거지.”

빠르지 않냐? 하고 생각했지만, 듣고 보니 타당한 시기일지도 몰랐다.

확실히 공략법을 표방한다면 그것이 잘 먹힐지 시험하지 않으면 안 될 것이다. 그리고 그 내용에 만약 잘못이 있다면 수정하는 건 빠를수록 좋기 때문이다.

일정한 프로그램으로 움직이는 게임과는 다르다.

아무리 이론을 늘어놓아 봤자 실증이 수반되지 않는 가설은 탁상공론에 지나지 않는다.

아카미츠키는 나를 보고 말했다.

"우선은 처음부터 계속 작성하고 있는 공부 초급편부터 갈까."

"내 것 말이냐?"

"이제 다 정리됐잖아?"

"……뭐어, 그건."

고개를 끄덕인다.

일단 성적 하위인 사람이 어찌어찌 '그 나름의 수준'은 될 수 있을 정도의 공부법은 처음 며칠 동안에 정리해 뒀고, 내용에 관해서도 나름 자신이 있다.

여하간 내가 지금까지 계속 시험해 온 내용이다.

저스펙이라도 그 나름대로 싸우는 방법은 확실히 존재한다.

"한번 시험해 보자구. 실천해 나가면 수정해야 할 점도 발견될 테고 말이야."

"그건 딱히 상관없다만, 시험한다니 누구한테?"

"요루 짱."

"네. 그런 이야기가 되었어요."

대답한 것은 다른 인물.

아카미츠키 뒤에서 불쑥 얼굴을 내민 것은 쿠로하나였다.

"전에도 조금 말씀드렸지만, 저 공부 성적이 좋지 않아서 초급편 모르모트로서는 안성맞춤이 아닐까 해요."

호오.

마침 좋은 인재가 있어서 잘됐군.

뭐, 아카미츠키 녀석이 하는 일이다.

거기까지 생각하고 내 공략법을 시험해보자는 말을 꺼낸 것이리라.

하지만 그렇게 되면 신경 쓰이는 건 쿠로하나의 성적이다.

"참고로 지금의 등수는?"

"288등이에요."

"확실히 바보구만."

"기쁘지 않은 평가!"

미술과를 포기하고 입학한 쿠로하나가 소속된 반은 1학년 10반.

일단은 진학 코스에 해당하는 반이기에 시험 등수는 보통과의 진학 인원 300명만으로 환산되는데, 물론 300명 중에서 288등은 트집 잡을 여지가 없는 나쁜 성적이었다.

"구체적으로는 몇 점이었어."

"……169점이에요."

500점 만점.

정말로 상당히 나쁜 점수였다.

추가로 이야기를 들어 본바, 평균점이 338점이라고 하며 쿠로하나의 교내 편차치는 약 28.

—응.

트집 잡을 여지 없는 저스펙이었다.

그리고 어리석은 나는 일단 한 줄기 희망을 걸고 어느 정도 공부했는지를 물어봤다만,

"조금은 했어요."

"그거, 안 한 녀석의 대답이라고."

"그, 그래도 낙제점은 기적적으로 한 과목뿐이었어요!"

"오히려 전부 낙제점이라 기초부터 공부하는 편이 더 나았을 거다……."

"한 과목만으로도 추가시험 엄청 힘들었는데, 무서운 말 하지 말아 주세요!"

쿠로하나는 말했다.

그리고 아주 약간, 이 녀석의 방향성을 생각하고 나서,

"뭐, 괜찮지만 말이다. 그 정도라면."

"네?"

나는 감독역에게 물었다.

"아카미츠키."

"왜?"

"확인해 두고 싶다만."

나는 어안이 벙벙해져 있는 쿠로하나에게 개의치 않고,

"일단 이번에는 시범 경기 같은 거잖냐. 그렇다면 내가 딱 붙어서 쿠로하나한테 공략법을 가르쳐 주는 건 허가해 주지 않겠어?"

"아~, 뭐, 처음이니까 말이지."

아카미츠키는 조금 생각하더니,

"그러네. 이번에는 범용적인 방법보다 결과만을 우선할까. 마음대로 해도 돼."

확인은 받았기에 나는 고개를 끄덕였다.

"그래서, 그 조건이라면 어느 정도 등수로 올리면 목표를 달성하는 게 되는 거지?"

"으음~, 그러게. 다음 시험이 2주 뒤고, 1학년 때의 이 시기 시험이고 하니까."

지금이 288등이니까…… 하고 생각한 뒤에,

"응."

결정한 모양이었다.

"15등."

"에엑?!"

"알았어. 준비하지."

"네에에에?!"

쿠로하나가 아카미츠키와 나를 번갈아 쳐다본다.

"……목이 꺾일 것만 같은 기세라고. 괜찮냐."

"아니, 잠깐, 네에?! 지금, 몇 등이라고요?!"

"못 들은 거냐. 귀가 안 좋은 녀석이네."

물론 나는 똑똑히 들렸다.

"15등이다."

"못 들어서 그러는 게 아니라, 똑똑히 들려서 하는 반응이거든요?!"

쿠로하나는 손가락을 꼽아 나갔다.

"어, 어디 보자, ……제가 지금 288등이고, 거기서 15명을 빼면……."

"273명이군."

다시 말해 273명을 제쳐야 한다는 것.

"아, 아—"

쿠로하나는,

"아니아니아니, 무리래도요!"

오늘 낸 것 중 가장 큰 목소리를 냈다.

외모와 그림의 학살스펙이면서도 공부는 저스펙인 소녀는.

"왜냐면 제가 말하는 것도 뭣하지만, 저는 정말로 공부가 서툴단 말이에요! 이 학교 진학 코스에 입학할 수 있었던 것도 기적이었고, 288등이라는 것도 비교적 타당한걸요!"

"그러네. 밑에서 세는 편이 아득히 빠른 게 지금의 요루 짱이야."

아카미츠키가 말한다.

표표히.

"즉, 요루 짱은 이번 2주 만에 273명을 제치지 않으면 안 돼. 하지만 안심하렴. 쿠키노세 군이 만든 저스펙용 공략법에는 아마 그 정도의 힘이 있을 거야."

"무리예요! 왜냐면,"

"그리고 먼저 말해 둘게. '왜냐면'은 금지."

"……읏."

"시험도 승부니까 말이야. 해보지도 않고서 그런 변명 같은 말을 쓰는 건 그만두자."

아카미츠키가 거듭하여 말하자 쿠로하나는 숨을 삼켰다.

꿀꺽, 하고.

그리고 그걸 곁눈질로 보고 있던 나는,

'……무섭다고—.'

겁먹으면서도, 이런 엄격함이야말로 아카미츠키의 좋은 점이기도 할 거라고 생각하고 있었다.

확실히, 아카미츠키는 마음먹은 것을 그대로 할 수 있기에 제멋대로인 짓만 하고 있는 것처럼 보이고, 실제 행동의 태반이 그런 느낌이다.

하지만 그 의사가 타인을 향할 때는 별개다. 무슨 일이든 1등이 당연한 인간이 결과에 관해 무책임한 태도를 취하지 않고 오히려 자기 외의 다른 사람에게는 무엇이 적절한지 이해하고 있는 만큼, 엄격하게 보이기도 한다. 하지만 그건 아카미츠키가 사물의 본질을 이해하고 있기에 그런 것이다.

아카미츠키는 본질을 잘못 보지 않는다.

업신여기지 않는다.

승부에— 일절 겉날려 임하지 않는다.

"게다가 말이야, 할 수 있을 거라고 생각해."

아카미츠키는 말로 표현한다.

학살스펙의 체현자로서.

가지지 못한 사람인 쿠로하나에게.

"거기 있는 쿠키노세 군은 말이야, 시험에서는 0점 받지, 친구는 없지, 피아노를 그만두고 나서 무기력한 데다 자기 선의를 다른 사람한테 밀어붙이는 성가신 녀석이지만."

"나는 여기 있다만."

"그래도 그 나름대로 노력해 온 사람이라는 건, 나는 알고 있으니까."

그렇게 말했을 때의 아카미츠키의 표정에 변화 같은 건

없었다.

여느 때처럼, 아주 약간 미소 짓고 있었고—.

하지만, 영 감정을 파악하기 어려운 미소.

"그리고 마침 잘됐어. 처음이니까 임팩트 있는 결과가 필요하고 말이지."

아카미츠키는 편집장으로서 지령을 내렸다.

"공략법 제1탄은 공부— 요루 짱의 273명 제치기로 결정."

준비에 허용된 기간은 엄밀하게는 15일간.

책임지고 맡게 된 나는 아카미츠키에게 잠정판 공략법을 보여주고 다소의 수정을 가했다. 그리고 다음 날 아침, 쿠로하나를 음악실에 불러내서 미션을 시작하게 되었다.

"저기, 일단 확인인데요."

"뭔데."

"커닝하라든가, 부정행위를 쓰라는 건 아니지요?"

"당연하지. 정공법으로 간다."

게다가 커닝은 정확하게는 치팅(부정행위)이라고 하니까 의미 중복이라고, 그거.

딱히 상관없지만.

"그리고, 저…… 시작하기 전에 한 가지 여쭤봐 두고 싶은데요."

"뭔데."

"가르치는 게 쿠키노세 선배로 괜찮은 건가요?"

"무슨 의미야, 인마."

"그도 그럴 게, 저번 테스트에서 0점이었던 거죠?"

"아무리 그래도 제대로 해서 0점 받는 녀석이 있겠냐."

여러 사정이 있어서, 백지로 낸 거라고.

"아뇨아뇨. 딱히 신뢰하지 않는 건 아니에요. 하지만 목표가 15등이라고 한다면 그걸 가르쳐 주는 사람은 그보다 위 등수가 아니면 어렵지 않을까 하고 생각해서요."

"3등."

"예?"

"내 작년 최종 석차."

"……슬픈 거짓말을 하게 해서 죄송해요."

"슬프지도 않고, 거짓말도 아냐! 눈물을 뗠 것 같은 얼굴로 사과하지 말라고! 거짓말이 아니란 말이다! 잠깐 기다려 봐, 가방 속 어딘가에 성적표가 있으니까!"

나는 쿠로하나를 기다리게 한 뒤 파일 속에서 종이 한 장을 꺼냈다.

B5 프린트 1장.

쿠로하나는 그걸 훑어보고는, 몇 번인가 다시 확인하고 나서 그제야,

"아무래도 거짓말은 아니라는 건 알았는데요."

의심스러운 표정을 짓고 있던 그녀는,

"선배는 정체가 뭔가요."

더욱더 험상궂은 얼굴로 나를 봤다.

"아무것도 아니야. 뭐야, 실은 가면 ○이더 였다고 말하면 되는 거냐."

"적어도 프리○어였다는 말을 듣는 것보다도 모르겠어요."

"그렇게까지냐?!"

"모르겠다고요."

쿠로하나는,

"이 학교에서 3등이라는 등수를 따는 것의 어려움을 알기 때문이에요. 원래는 음악과였던 거죠? 그쪽에서도 처음에는 수석이었다는 것 같잖아요."

"……."

"선배한테, 무슨 일이 있었던 건가요?"

"……."

나는 무시하고,

"일단 지금 어떤 생활을 보내고 있는지, 여기에 적어줘."

"알려 주시지 않는 거네요…… 뭐, 괜찮지만요."

이야기를 되돌렸다.

나는 쿠로하나에게 원그래프를 건네주고, 현재 24시간

을 어떻게 보내는지 쓰게 했다.

여러 가지로 세세하게 적혀 있었지만, 우선 중요한 건 '수면 시간'을 파악하는 것이었다.

"……자는 건 자정부터 아침 일곱 시까지의 일곱 시간 인가."

"네. 잠에 잘 드는 편이고 일어날 때도 빠릿빠릿하게 일어나니까, 아마 딱 그 정도일 거예요."

"그럼 이것 이외의 시간을 조절할까."

"네?"

거기서 쿠로하나는 의외라는 듯한 목소리를 냈다.

이유를 물어보니,

"아, 아뇨, 등수를 273등이나 올린다고 하길래, 철석같이 요 2주 동안은 수면 시간을 전부 없애서 공부한다는 지옥의 메뉴가 시작될 줄 알고……."

"그럴 리가 없잖냐. 쿠로하나는 공부에서 중요한 게 뭔지 모르고 있어."

"중요한 것?"

"시간은 효율이야말로 중요하다는 거야."

기초가 되는 생각이다.

하지만 기초는 중요하기에 다시금 말한다.

공략의 기본이다.

"기본적으로, 들인 시간은 학력에 비례하지만, 그걸 늘리기 위해서 수면 시간을 깎아 전체의 효율을 낮춘다면 의미가 없잖아. 그러니까 쿠로하나가 가장 지내기 편한 이 수면 시간은 물리지 않을 거고, 이 일곱 시간은 반드시 확보할 거다. 그러니까 남은 17시간 중 휴식을 다섯 시간 취하고, 그걸 뺀 남은 12시간을 앞으로의 2주 동안 공부에 전부 할당해 나갈 거다."

"12시간인가요……."

쿠로하나는 위를 올려다보고 계산하기 시작했다.

"어디 보자, 수업이 한 과목에 60분이고, 하루 6교시니까, 여섯 시간은 수업에 쓰고……."

"쿠로하나. 여기서 첫 번째 포인트다."

"네?"

"수업은 일절 듣지 마라."

"예에?!"

"수업 중에는 여하튼 자습해. 그동안에 하는 내용도 암기뿐이다."

암기는 나쁜 것이라 여겨지기 십상이지만 그렇지 않다.

확실히 단순한 통짜 암기는 우책. 하지만 외우는 것만으로 점수를 받을 수 있는 부분은 그것만이 승부를 가르는 부분이자, 이만큼 알기 쉬운 내용은 없다.

여하간 알고 있느냐 모르느냐.

그것만이 차이로 나타나기 때문이다.

무엇보다,

"쿠로하나, 솔직히 수업 안 듣고 있지."

"윽……."

정곡을 찔린 표정을 짓는 쿠로하나는 알기 쉽다.

"아니, 당연하니까 신경 쓰지 않아도 돼. 쿠로하나의 등수를 보면 수업을 잘 이해하지 못하고 있다는 건 짐작이 되고, 애초에 수업이라는 시스템은 시험에서 점수를 얻는 것에 관해서는 절대적으로 효율이 좋지 않아. 지금의 네가 수업을 듣는 것에 의미는 없어."

"그런가요?"

"공부는 축적해 오는 것이니까 말이지."

나는 말한다.

"이 학교는 반을 학력으로 나누고 있지만, 그래도 어느 반에든 잘하는 녀석부터 못 하는 녀석까지 섞여 있어. 그 녀석들이 같은 수업을 듣고 같은 효율이 나올 리가 없잖아."

수업이라는 시스템은 긴 마라톤이다.

단번에 가득 담지 않고, 지치게 하지 않으면서 오랜 기간 달리는 것을 목표로 하고 있다.

하지만 2주라는 짧은 기간.

거기에 한해서는 그렇게 느긋하게 달리고 있는 시간이야말로 헛된 짓이 된다.

30명을 상대로 한 수업은 개인 학습에 비하면 효율이 매우 나쁘다.

스스로 공부할 수 있는 환경이 있다면, 스스로 하는 편이 절대적으로 좋은 결과가 나오는 것이다.

게다가 쿠로하나는 낙제점 라인.

즉, 지금까지 수업을 듣고서도 그 점수인 것이다.

딱히 쿠로하나는 그다지 불성실한 것도 아니다.

그저 단순히, 지금의 공부법은 쿠로하나에게 맞지 않는다는 것뿐이다.

중요한 건 수업을 듣는 게 아니다.

성적을 올리는 것이다.

수단이 목적이 되어서는 안 된다.

"일단 사흘이다. 그동안 낮에는 암기."

수업 시간을 전부 기초가 되는 지식 암기로 돌린다.

"그리고 수학이나 화학 등의 계산, 영어 문법은 연습할 수밖에 없으니까 그것들은 방과 후부터 자기 전까지의 시간 동안 하겠어. 암기뿐만 아니라 이해가 필요하니까 말이지. 나와 아카미츠키가 개별적으로 지도할 테니까, 낮에는 여하튼 외우는 것에만 집중해라. 낮에는 지식을 흡수하고, 밤에는 지식을 사용하는 법을 습득하는 게 기본 스타일이야. 교재는 준비해 뒀다."

나는 쿠로하나에게 공부용 자료를 건넸다.

쿠로하나는 교재라는 말을 듣고 반사적으로 싫은 표정

을 지었지만,

"어라……?"

실제로 받아들고 내용을 확인하더니 눈을 깜박였다.

"이것뿐, 인가요……?"

암기를 위한 프린트는 전 교과목을 합쳐도 10장 정도였기 때문이다.

"뭐, 아무리 그래도 그게 전부는 아니지만. 비슷한 게 앞으로 두 개 더 있으니까, 하나가 끝날 때마다 또 건네줄게."

"그래도, 양은 별로 안 되지요? 한 교과목에 여섯 장 정도?"

"그래. 거기서 떠올려 줬으면 하는 게 아카미츠키가 한 말이야."

"?"

"쿠로하나의 목표를 정할 때 말했던 '1학년 때의 이 시기 시험'이라는 거."

그렇다.

"한마디로 말하자면, 공부할 범위가 아직 좁다는 거야."

쿠로하나는 1학년.

그리고 지금은 아직 시기로서는 6월 중순이자 입학하고 나서 수개월이다.

"만약 이 시험이 1학년 말이라든가, 2학년 때라면 273명을 제치는 건 절대로 무리야. 어째서냐면 그 시기 시험은 그때까지 쌓아 온 것도 전부 가미되고 범위도 지금의 배가까이 돼. 하지만 요 1년의 처음 때는 기초가 되는 건 중학교 때까지의 지식이고, 다루는 내용은 3개월도 채 안 되는 거야. 완전히 보너스 타임이라고."

이 관점은 이미 경험한 나니까 말할 수 있다.

상급생이 되고 나중에 돌이켜보면, 이 시기의 시험은 정말로 점수를 받기 쉬웠다는 걸 알 수 있지만, 그 상황을 바깥에서 볼 수 없는 하급생은 높은 벽이라고 느낄 수밖에 없다.

"즉, 지금이라면 저스펙이라도 승부할 수 있다는 거다."

반대로 2학년이나 3학년이라면 완전 무리인 게임이지만 말이지.

"그래서, 마지막으로 확인."

대략적인 설명은 끝냈다.

개론은 전달하고, 이것만큼은 물어봐 둬야만 하는 것이었다.

"할 수 있을 것 같냐?"

그건 내가 쿠로하나에게 보내는 물음이었다.

어째서냐면 내가 얻은 몇 안 되는 교훈.

'억지로 하는 것만큼 무의미한 건 없다.'가 있기 때문이다.

억지로 하는 게 아니다.

자신의 의지로 하는 것이다.

중요한 건, 무엇보다도 멘탈. 이것만큼은 지금의 나로서는 어떻게 하면 좋을지 알 수 없기에, 쿠로하나 자신이 가지고 있는 것에 기댈 수밖에 없다.

내가 지금 할 수 있는 것은 쿠로하나에게 최적인 공부법을 알려주고, 그걸 실행할 환경을 갖추는 것뿐.

그것이 시험을 클리어하는 최저 조건.

내가 제시하는 것이었지만,

"할 수 있을 것 같냐, 라고요?"

쿠로하나는 웃으면서 답한 것이었다.

"대답은 결과로 보여드리겠지만, 굳이 여기서 말해 둘게요— 우문이네요, 라고!—

"왜 우쭐거리는 태도인 거냐."

뭐, 의욕이 있다면 뭐든 괜찮지만.

얼른 시작하자.

어쨌든 그러고 나서 쿠로하나는 다른 학생과는 다른 움직임을 취하게 되었다.

아침 여덟 시에 수업 시작.

그때부터 혼자서만 암기 시간에 들어간다.

우선 암기에서 중점을 둔 건 영어와 세계사다.

타키미사키 고교는 일찍 B 과목을 시작하기에 세계사B.

외우는 것만으로도 점수를 받을 수 있는 내용의 비율이 크기 때문에 암기가 대상이다. 국어는 고전문학이 범위가 되지만 아직 현대문학이 많기에 암기는 한자나 숙어로 한정하고, 화학식도 기본적인 것만으로 좁혔다.

그것도 그저 여섯 시간을 소비해서 외우는 게 아니다.

암기에도 올바른 방식이 있는 것이다.

"여기서 두 번째 포인트."

나는 쿠로하나에게 주의 사항을 말했다.

"완벽하게 외우지 마라."

"하에?"

"우선은 5할만 외우면 충분해. 마음가짐 면에서도 훑어본다는 정도면 괜찮아."

"괜찮은 건가요, 그걸로?"

"그보다, 전부 외우라고 말하면 제대로 외울 수 있겠냐?"

"무리네요~."

와하하—, 하고 웃는 쿠로하나.

뭔가 열 받지만, 뭐 어쨌든 저스펙한테 무리한 말을 하지 않는 것이 내 신조다.

물론 외울 수 있다면 그걸로 괜찮다.

하지만 그런 게 가능하다면 애초에 저스펙으로 고생하지 않을 거란 말이지.

"단번에 외울 수 있을 리가 없고, 외우지 않아도 돼. 외우고는 까먹는다— 이 사이클 횟수를 소화하기 위해 시간을 쓰는 거야. 시간은 저스펙 편이라고—.

우선은 범위 전체를 대강 암기한다.

그리고 연습으로 문제를 접하고, 까먹고 있다는 것을 재인식한 뒤 또다시 암기로 돌아가는 것을 반복함으로써 나쁜 기억력을 커버하는 사이클이 기본이다.

내 방식은 단순하다.

외우고 까먹는다는 사이클을 철저히 반복하는 것뿐이다.

결국은 그걸 위한 시간 확보와 환경을 만드는 것이 알파이자 오메가다.

지식은 써야지 비로소 정착된다.

그렇기에 암기를 집중시키는 것은 처음 사흘 동안만으로 좁히는 계획을 짰다.

암기에 며칠이나 시간을 들이는 것에 의미는 없고, 무엇보다 암기는 괴롭기에 장기간 할 수 없다.

저스펙이 무언가를 외워도 쓰지 못하는 것은 오로지 연습이 부족하기 때문이라는 슬픈 현실이 있지만, 적어도 내 공략법을 쓴다면 그 부분은 받아들여야만 하는 사실이다.

노력하는 천재를 이길 수 없다는 말을 흔히 한다.

하지만 노력하지 않는 천재에게는 이길 수 있을지도 모른다는 것이 저스펙이 지향하는 바다.

"저기, 선배."

"뭐야."

"혹시 이거, 엄청나게 평범한 공부법 아닌가요?"

그래, 맞아.

오히려 뭐라고 생각하고 있었던 거냐.

몇 번이고 말하잖냐.

저스펙 인간은 그런 것조차 처음에는 이해하지 못하고 있다고.

"애초에 이 이야기를 듣고 쿠로하나는 이렇게 생각했지. '아니. 그야 그만큼 하면 성적은 오르는 게 당연하잖아.'라고."

"네. 그건 뭐어."

"그런 거다."

성적이 오르는 게 당연한 일.

그걸 실제로 하느냐 하지 않느냐가 저스펙의 갈림길인 것이다.

그리고 그 분수령이 되는 것이 '환경'과 '효율' 그리고 '시간'이다.

"적절한 암기와 연습을 제한된 시간 안에서 효율 좋게

하는 것. 그걸 철저히 해내는 것이 우선은 공부의 시작이야. 호흡법도, 물장구도 제대로 못하면서 자유형을 하려고 하니까 실패하는 거다."

그리고 덧붙여서, 하고 나는 말한다.

"처음에는 이쪽에서 해야 할 일을 말해 주지만, 스스로 생각하는 건 마지막까지 그만두지 마라."

"무슨 의미인가요."

"내가 말한 방법이 누구에게나 최선일 리가 없어. 우선은 이쪽이 말하는 걸 모델로 삼아야 하겠지만, 최선의 방식이라는 건 결국에는 자기만이 알 수 있는 거야. 몇 번이고 말하지만, 억지로 하는 공부 따위 아무런 도움도 되지 않아. 타인의 방식을 자신의 방식으로 삼아 나가는 것을 의식하지 않으면, 이후로 이어지지 않아. 스스로 생각할 수 없는 녀석은 쭉 고생하게 되는 거다."

"……자학인가요?"

"일일이 쓸데없는 한마디가 많다고, 너는! 자학이 아냐, 일반론이다! 됐으니까 얼른 시작해!"

쿠로하나를 큰 목소리로 내쫓고, 1일째를 시작하게 되었다.

그로부터 엿새 뒤.

시각은 3교시가 끝나고 점심시간.

구내매점에서 스모크치킨과 우유를 산 나는 제3음악실 앞에 있었다.

들려오는 건 피아노 소리.

조금 들은 것만으로도 알 수 있다.

아카미츠키의 소리다.

강약은 물결치고 있고, 하나하나는 난폭한 것 같지만— 아름다운 소리.

곡은 드뷔시의 『달빛』— 정석인 클래식 피아노곡이면서도, 4분 정도의 분량 속에 도입과 코러스가 섞인 현대 팝에 가까운 구성이라 평소 음악을 듣지 않는 사람이라도 익숙해지기 쉬운 악곡이자, 또한 반주를 약하게 하면 매우 단조롭고 잔잔한 곡조로 변한다.

뭐, 요컨대 졸음이 오는 곡이다.

나는 문을 열었다.

"벌써 잠들었어?"

"응. 치기 시작하고 나서 곧장."

아카미츠키는 대답하면서 건반에서 손가락을 떼고는 후방을 "응."하고 가리켰다.

그리고 그 끝에 시선을 향하니,

"으, 으음……."

간이침대에서 모포를 뒤집어쓴 쿠로하나가 있었다.

도롱이가 되어 푹 잠들어 있다.

뭐, 오전 중에 암기에 집중하고 있었다면 저렇게 될만도 하지.

"무리시키고 있지 않아?"

"애초에 따지자면 네가 15등이라든가 무모한 말을 해서 그런 거잖냐."

게다가 쿠로하나는 딱히 완전히 지쳤기 때문에 저렇게 자고 있는 게 아니다.

이건 공략법의 세 번째 포인트.

그걸 실천한 결과다.

"으음, 그러니까, '휴식 시간은 전부 자라. 졸리지 않아도' 였던가?"

"그래."

쿠로하나에게는 자는 시간 이외에 다섯 시간의 휴식이 있다.

여기에는 식사나 몸단장, 목욕이나 통학 시간 등도 포함되지만, 이것들을 전부 합쳐도 최대한 줄이면 두 시간도 채 되지 않는다. 그 외의 세 시간은 공부하지 않는 자유 시간이다.

하지만 나는 쿠로하나에게 그 휴식 시간을 사용하는 법에 관해 지시했다.

"아무튼 자라, 인가. 알기 쉬워서 좋네."

흔히 '한숨 돌린다'라는 말을 쓴다.

그리고 그동안은 좋아하는 것— 예를 들어 책을 읽거나 인터넷 서핑을 하거나, TV를 보거나 게임을 하거나 하겠지만, 내 기준에서 말하자면 그런 것들은 아무런 휴식도 되지 않는다.

쉬고 있지 못한 것이다.

뇌를 써 버리고 있다.

육체나 정신의 피로는 가벼운 운동이나 수면을 취하는 방법 외에는 결코 풀 수 없다.

그리고 그중에서도 '수면'은 최강의 효율을 자랑한다.

설령 잠들지 못하더라도, 눈을 감고 누워 있는 것만으로도 좋다.

몸과 뇌는 상당히 회복된다.

쉴 때는 오로지 쉰다.

할 때는 한다.

완급을 어떻게 조절하느냐가 시험에서는 가장 중요하다.

"기숙사 쪽에서의 공부는 어때?"

나는 아카미츠키한테 물었다.

"그럭저럭이려나. 시킨 대로 제대로 하고 있어서 깜짝 놀랄 정도야."

기숙사가 같다는 이유로 저녁 여덟 시 이후에는 아카미

츠키에게 쿠로하나를 맡겼다.

공부하는 건 아카미츠키의 방.

학년 최우수 학생의 특권으로 완전 1인실인 듯, 조용하고 집중할 수 있는 환경이라는 것 같다.

여기서 네 번째 포인트.

『공부하는 환경은 부지런히 바꾼다.』

이건 멘탈 측면에서 비교적 중요한 점이었다.

현재 쿠로하나는 자기 방, 교실, 음악실, 아카미츠키의 방, 이렇게 네 곳을 공부 장소로 삼고 있다.

한 군데가 좋다고 하는 사람도 많기에, 이건 성격에 의한다고밖에 말할 수 없지만, 쿠로하나는 자주자주 장소를 바꾸는 편이 집중할 수 있는 타입이었다.

참고로 나도 이 타입이다.

"하지만 뭐, 쿠로하나가 제법 성실하게 하는 타입이라 다행이야."

정말로 그렇게 생각한다.

솔직히 '이제 질렸어요'라며 포기하는 사태도 생각하고 있었고.

"일단 진학 코스에는 아슬아슬하게 들어간 애고."

"뭐, 진정한 바보는 아니겠지."

"게다가 쿠키노세 군은 말이야, 본인의 의욕이 제일 중요하다고 말하지만, 그렇지 않은 사람도 꽤 있다고 생각해. 의욕이 없어도 다른 사람에게 기대받거나, 오히려 하라고 강제당하는 쪽이 결과적으로 좋은 결과를 내는 사람이 오히려 더 많지 않을까?"

"그건 중스펙 이상인 녀석이지."

"그러면 요루 짱은 중스펙이네."

확실히 그럴지도 모른다.

실제로 어디까지나 지금으로서는 말이지만, 쿠로하나는 처음 사흘 만에 내가 준 과제를 확실하게 암기해 버렸다. 본인에게는 말하지 않고 있지만, 7할 외우면 충분하다고 생각했던 내용이라도 9할 이상을 확실하게 외운 것이다.

그건 나로서는 결코 할 수 없는 일.

가령 쿠로하나와 같은 학력으로 시작했어도 나는 같은 기간에 7할도 채 외우지 못했을 것이다.

즉— 아카미츠키가 말한 대로였다.

쿠로하나는 그럭저럭 똑똑한 중스펙 인간이다.

지금까지 올바른 방법을 몰랐던 것뿐이고, 결과가 나오지 않았던 것뿐인 인간이다.

그림만이 능숙한— 그런 서투른 녀석이 아니었다.

쿠로하나는 생각보다 유능한 애였다.

"후후, 그래. 이런 걸 하고 싶었어. 잘 풀리지 않는 애가, 조금 괜찮은 방법을 알아 나가는 것만으로도 점점 위로 올라간다는 건 기분이 좋아……."

"그러냐. 뭐, 아카미츠키가 즐기고 있다면 나는 그걸로 괜찮다만."

하지만,

"그래도, 15등은 힘들겠지."

나는 쿠로하나가 확실하게 자고 있는 걸 확인하고 나서 말했다.

그리고 그 말에,

"……무슨 의미야?"

아카미츠키가 답했다.

그건,

"무슨 의미냐니……."

의아하다는 듯한 표정이었다.

나도 그 반응에 조금 당혹스러워하면서 대답했다.

"단순히 확인하는 의미에서 말한 것뿐이야. 쿠로하나가 각오를 굳히게끔 하기 위해서, 너는 15등이라는 높은 등수로 지정한 것일 테고 나도 쿠로하나한테 그럴듯하게 설명하긴 했지만, 아무리 그래도 2주 만에 15등이라는 건 무리지. 그렇게 다시금 말한 것뿐이라고."

그렇다.

분명히 말하겠다— 이번 목표는 실패가 전제다.

하지만 그건 이 이야기가 시작되었을 때부터 쭉 그랬다.

"이 학교는 명색이 진학교야. 상위 50명 정도까지라면 자신의 공부법을 정확하게 알고 있어. 그런 녀석을 2주 만에 제친다니 무리라고. 그건 아카미츠키도 알고 있던 거잖아?"

그렇게 말하고는, 깨달았다.

아, 그러고 보니 확인은 하지 않았었다.

말할 필요도 없다고 생각했으니까, 물어보지조차 않았다.

아카미츠키한테 직접 묻지는 않았다.

273등을 제치는 건 어디까지나 목표.

쿠로하나에게 자극을 주기 위한 허언이라는 것.

나는 그것이 '거짓말'이라는 것을 당연하다고 생각하고 있었기 때문이다.

"……그럼 쿠키노세 군은 진심으로 15등을 노릴 수단을 취하고 있지 않다는 말이야?"

"당연하지. 애초에 불가능하잖냐. 하지만 설렁설렁 하고 있는 건 아니고, 내가 가르칠 수 있는 최선으로 쿠로하나한테 공부를 시키고 있어. 이대로 가면 50등이라면 들어갈 수 있을지도 모르지."

그리고 50등 이내라면 감지덕지다.

200명을 제친 것이다.

하지만,

"그래, ……응, ……그런가, 그렇다면……."

아카미츠키는 내 말을 들은 뒤, 무언가를 조금 중얼거리면서 생각에 잠긴 기색이었다.

신경이 쓰였지만,

"뭐, 됐나……."

나는 사고를 포기했고— 나중이 되어서야 아카미츠키가 이런 반응을 보인 이유를 알게 되었다.

그러고 나서 어느덧 2주가 경과했다.

금요일에 시험을 치르고, 다음 월요일에는 결과가 나오는 게 이 학교의 통례다. 휴일을 사이에 끼고 채점과 집계를 하는 선생님들은 힘들겠구나, 하고 언제나 생각한다.

특히 상위 30명 명단을 게시할 때는 약간 축제 상태가 된다. 월요일 1교시가 끝난 시간에 게시되어, 성적이 신경 쓰이는 사람들이 거기에 줄줄 모여드는 형태가 되는 것이다.

입시 합격 발표 같은.

그리고 월요일 1교시가 끝났을 때였다.

휴대폰이 울렸다.

『슬슬 모두의 성적이 게시될 거야!』

아카미츠키가 보낸 메시지였다.

"……."

싫다아.

가고 싶지 않네에.

아니, 여기서부터의 시나리오는 정해져 있다.

여하간 결과는 알고 있다.

확실히 쿠로하나는 요 2주간 정말로 잘해주었다.

항상 순조롭게 흘러갔던 건 아니었고 때로는 마음이 꺾일 뻔하거나, 너무나도 먼 목표에 현기증이 나기도 하고, 뜨거운 스쿨 워즈 같은 전개로 나와 쿠로하나가 치고받은 끝에 서로를 이해하게 되어 바닥에 누운 채 올려본 저녁놀이 진 하늘에서 죽은 그 녀석이 웃고 있었어, 같은 느낌의 드라마도 여러 가지로 있었지만, 뭐 그런 것들은 대강 생략하고, 쿠로하나는 열심히 노력했고 실제로 학력이 올랐다.

눈에 띄게.

쑥쑥 올랐다.

원래는 얼마나 공부를 안 했던 거냐.

그런 생각이 들 정도로는, 순조롭게.

하지만 그건 어디까지나 내가 준 과제의 범위에서고, 아마 아무리 좋아도 쿠로하나의 성적은 기껏해야 50등 정도일 것이다. 어느 정도까지 해낼 수 있을지는 나도 확실하게 파악하고 있기에 그 예상에 틀림은 없을 것이다. 물론 50등이라면 상위 성적 30명으로 게시될 일은 없다. 하지만 나는 그 성적이라도 충분하고도 넘칠 정도라고 확신하다.

하지만— 쿠로하나 본인은 분명 다르다.

목표는 15등이라는 말을 들었다.

그녀의 심정은 다르다.

결과적으로 30등에도 들지 못했다는 걸 알았을 때, 몹시 충격을 받으리라는 건 자명하다.

마음이 죽어 버릴지도 모른다.

보통이라면 나는 내버려 둘 것이다.

그건 스스로 다시 일어나야 할 일이라며 방치할 것이다.

하지만 이번에는— 아카미츠키와 내가 억지로 밀어붙여 믿게 만든 무리 난제인 것이다. 그런 그녀를 방치하고 알아서 다시 일어서라고 말하는 건 너무나도 무책임하다고 할 수 있으리라.

그러니 이제부터 할 일은 정해져 있다.

1, 성적표가 게시된다.

2, 침울해져 의기소침한 쿠로하나.

3, 아카미츠키가 끌어안는다.

4, 거기서 옆에 있던 내가 쿠로하나에게 '아직 다음이 있어' 같은 다정한 말을 건네는 콤보.

완벽하다.

내 역할은 엄하지만 다정한 선배.
꿀 같은 역할이다.
'인생이란 말이지…….' 하고 이야기해도 용서되는 포지션.
츤데레 스승 캐릭터 같은.
하지만,
'귀찮다는 사실은 변함 없는데다, 무엇보다 쿠로하나에 대한 죄악감이 엄청나구만…….'
완전히 사기 수법이었다.
엄하게 대한 뒤 다정한 모습을 보여주다니.
—그런 생각들을 하고 있을 때였다.
"선배!"
1학년 교사에 발을 들였을 때였다.
이미 성적이 게시되어 있었던 모양이다. 1학년이 게시판에 무리지어 있는 게 보였을 때, 정면에서 뛰어오는 쿠로하나의 모습이 있었다.
그리고,
"뭐야, 쿠로하크하아악!"
태클당했다.
깔끔하게 들어갔다.
명치에 클린 히트다.
지면에 나뒹굴고 나서 그제야 그건 태클이 아니라 쿠로

하나가 안겨든 결과라는 걸 알았지만, 이미 츤데레 스승 역할 만들기에 들어가 있던 나는 직격을 당해 공중제비를 돌았다.

"크, 어억……."

"해냈어요!"

"어억, 어?"

그리고 나는 호흡도 제대로 되지 않는 상태에서,

"뭐, 뭐가……?"

"선배는 굉장한 사람이었네요!"

쿠로하나는 자빠진 나를 일으키고는 끌고 갔다.

질질.

그리고 태클로 내장이 뒤집힐 듯한 상태인 나는 잘 이해하지 못하고 있었다.

쿠로하나가— 무슨 말을 하고 있는 것인지.

모르고 있었다.

"보세요!"

'뭐가,'

하고 생각하면서, 나는 인파 속에 섞여들어 성적표를 보게 되었다.

거기에는 쿠로하나의 이름이 있었다.

틀림없는 그녀의 이름이었다.

등수별로 늘어선 30명.

그 중앙에 있었던 건 확실히 쿠로하나 요루의 이름이었다.

『15등 쿠로하나 요루』

그렇게, 확실하게 적힌 형태로—.

15등 쿠로하나
5位 黒花

시험 결과 발표로부터 이틀 뒤.

점심시간이 되자 여느 때와 같은 점심을 산 나는 혼자서 음악실에 있었다.

'……역시, 이상해.'

내가 보고 있던 건 쿠로하나에게서 빌려 온 시험 답안이었다.

국어 : 83점

수학 : 86점

화학 : 96점

세계사 : 95점

영어 : 90점

총점 : 450점

평균해서 딱 90점.

교내 평균 총점은 343점이고, 대략 계산하면 편차치 71이 된다.

'으음―…….'

여기서 편차치에 관해 조금 복습.

편차란 모집단과의 괴리를 나타내는 수치로, 고등학교에서는 표준편차 50을 평균으로 친다.

즉, 편차치 60은 상위 16%.

편차치 70은 상위 2%.

300명 중이라면 편차치 60=50등 정도고, 후자는 15등 정도다.

그리고 내 예상은 이렇다.

—아무리 올려도 편차치 60에서 그쳐, 기껏해야 50등 정도에서 끝날 것이다.

그렇게 생각하고 있었다.

하지만 현실로서 쿠로하나는 그걸 뒤집었다.

편차치를 70까지 올린 것이다.

'무슨 일이 있었던 거지……?'

애초에 어째서 아카미츠키는 목표를 15등으로 한 것인지다만, 아마도 그건 15등이 상위 2%에 해당하고, 편차치 70의 경계선이 되기 때문일 것이다.

『편차치 28인 여고생이 2주 만에 편차치 70으로 오른 이야기』

그렇게 만들고 싶었던 것이리라.

하지만 편차치를 20에서 30으로 올리는 것과 60에서 70으로 올리는 건 비교할 수 없는 차원이다.

매우 신경이 쓰였던 나는 쿠로하나에게서 답안을 빌렸다.

그리고 내용을 보고, 나는 놀랄 수밖에 없었다.

쿠로하나는 도저히 풀 수 있을 리가 없는 수준의 문제까지 확실하게 풀었던 것이다.

'……역시, 이상해.'

단언할 수 있다.

그건 쿠로하나는 '절대로 풀 수 없는 문제'였다.

'각성했다……? 그럴 리 없나…….'

물론 컨닝이라든가 부정행위 같은 건 아니다. 아니, 반드시 그렇다고는 단언할 수 없지만, 쿠로하나의 기뻐하는 모습 같은 걸 보는 한 정말로 노력한 결과라고밖에는 생각되지 않는다.

……그래, 저 태도가 컨닝한 결과에 대한 것이었다면 엄청난 악녀라고.

여성 불신이 되고 말 거다.

게다가 답안을 보는 한 커닝으로 어떻게 될 문제도 아니고.

즉, 이걸 풀어서 맞힌 건 쿠로하나의 진짜 실력.

"흐음—."

그렇다는 건, 이 기묘한 사건의 범인은— 한 사람밖에 없다.

그때였다.

"하아~, 인간관계라는 건 정말로 귀찮네. 매일 똑같은 얼굴을 보면서 무슨 도움 될 게 있다는 거야."

문을 쾅, 하고 열며 들어온 것은,

"—칫."

"혀를 찼어?!"

아카미츠키였다.

"아니아니. 요새 점심시간에는 계속 여기 오잖아! 인제 와서 새삼스럽잖아!"

"입 다물어, 범인."

"범인? 오늘은 아직 아무것도 안 훔쳤는데?"

"항상 훔치는 것처럼 말하지 마! 네 경우는 사실인지 개그인지 영 알 수 없으니까 반응하기 곤란하다고! 그거 말고! 쿠로하나의 시험 말이다!"

"아아, 그거."

아카미츠키는 쉽사리 인정했다.

"요루 짱에게는 '상급자'용 공략법도 같이 쓰게끔 했다— 그뿐인데?"

"상급자— 라니."

"까먹은 거 아니야? 공부 공략법은 이 나— 아카미츠키 아사히도 작성하고 있었다는 사실을."

"그건— 파악하고 있지만."

"쿠키노세 군의 방법 말인데, 그걸로는 요루 짱은 목표를 달성할 수 없어. 그래서 마지막 사흘간은 부스터를 켜게 했어— 내 방법으로 말이지."

그리고 아카미츠키는 "자."라고 말하며, 이번에 썼다고 하는『공략본』을 내게 건넸다.

그건 시험에서 점수를 얻기 위해 아카미츠키가 작성한 물건.

작은 책자였다.

50등이 아니라— 15등으로 뛰어오르는 방법.

요컨대, 학살스펙을 자랑하는 아카미츠키에 의한, 실로 '상급자'용인 공략법.

그야말로 단 하나의 뛰어난 방식.

무언가 트릭을 쓴 게 아니다.

컨닝을 한 게 아니다.

거기에 적혀 있는 건 전부가 정통적인 방법이면서,

"내가 이번에 쓴 공략법은 매우 심플해— 즉,『본 시험의 문제를 예상하는 것』."

세련되고 치밀한 방책이었다.

"범위가 정해진 학력고사에서 중요한 건 여하튼 출제될 문제를 본 적이 있는지 없는지야. 말해 버리자면, 그것뿐이니까 말이지."

아카미츠키가 제시한 것은 몇 장으로 이루어진 리포트.

거기에 적혀 있는 내용을 훑어보는 내 옆에서 차근차근

이야기한다.

"아무리 어려운 문제라도 본 적 있는 문제라면 암기로 충분히 대응할 수 있고, 문제를 정공법으로 상대하는 다른 사람들처럼 부주의한 실수를 하는 경우도 일어날 수 없어. 이런 말을 하면 평범한 사람들은 '문제를 모르니까 곤란한 거야'라고 생각할지도 모르지만, 그래도 고등학교 정기 시험에 한하면 그런 전제는 쉽게 뒤집히니까 말이지. 저기, 알고 있어? 이 진학교의 선생님들조차 대부분 자신이 직접 문제를 만들지 않는다는 사실을 말이야."

아카미츠키가 그렇게 말하며 내보인 것은 그녀 자신이 만든 공략본의 몇 페이지.

내 옆에서 몰래 만들고 있던 것.

거기에는 주요 다섯 과목 전부의 『예상 문제』가 게재되어 있었다.

그리고 그걸 소화할 사흘 한정 스케줄의 병기.

그것뿐이다.

탈락 따위 시키지 않고, 달성할 수 있는 과제밖에 없었다.

"선생님들이 만드는 문제는 기본적으로는 수업이 중심. 하지만 그것뿐이라면 누구든 좋은 점수를 받고 마니까, 그 범위는 기껏해야 60점 분량밖에 내지 않도록 되어 있어. 그럼 나머지 40점은 어떻게 할 것인가? 당연히 다른 데서 문제를 가져올 수밖에 없어."

즉, 그 문제를 가지고 오는 곳은 어디인가?

그걸 알 수 있다면 점수는 딸 수 있다.

그런 논리인데—.

"20점 분량 정도는 평범하게 재사용하는 과거 기출 문제네. 이건 학생들 사이에서 제법 나돌고 있고 대책도 세우기 쉬우니까 이걸 합쳐서 80점 분량을 공부하는 것만으로도 실은 상당한 기본 점수를 확보할 수 있도록 학교 시험은 만들어져 있어. 절대평가인 대학생이라면 여기까지로 충분해."

아니, 넌 고등학생이잖아.

라고는 말할 수 없었다.

말참견을— 할 수 없었다.

"그럼 상위권에서 차이가 생기는 나머지 20점은 어디? —뭐 이건 솔직히 터놓고 말해서 그 선생님마다 다르니까 개별적으로 분석이 필요해. 일례를 들자면, 이번 1학년 수학 시험 담당이었던 오기노 선생님은 고등학교 교원 전용 문제집에서 고르는 경향이 강하려나?"

"선생님용 문제집?"

"정기적으로 출판되고 있어. 교원용 잡지라는 거지."

아카미츠키가 그렇게 말하며 휙 던진 것은 포스트잇이 붙어 있는 잡지였다.

그리고 포스트잇이 붙은 부분을 펼치니, 거기에는 시험에서 출제되었던 문제가 그대로 있었다.

—그대로.

정말로, 한 치도 다르지 않은 문제였다.

문제를 풀기 위한 실마리를 떠올리는 것만이 어려운.

그야말로 이 문제를 처음 본 사람을 죽이는 킬러 문항.

조금 전에 답안을 막 훑어본 참이니까 잘 기억하고 있다.

나도 풀이법을 떠올리는 데는 시간이 꽤 걸렸는데, 쿠로하나는 확실히 완벽하게 답을 내서 놀란 문제였다. 그리고 그 한 문제라면 우연도 있을 수 있겠지만, 비슷한 부분이 많이 있었다.

그 진상은 간단했다— 쿠로하나는 미리 비슷한 유형의 문제를 아카미츠키한테 받아서 풀었다.

그것뿐.

……몰랐다.

그런 잡지가 존재하고 있는 것도.

문제 구성이 어떻게 되어 있는가 하는 것도.

생각한 적도 없다.

"오기노 선생님은 치밀한 문제를 좋아하니까 말이야. 1학년 상대라도 이 잡지에서 최신의 상위권 대학 입시용 문제를 가져오고 있어. 덧붙여서 국어의 쿠마가와 선생님은 유명 사립대학 1차 시험에서 문제를 가지고 오고, 영어의 키구치 선생님은 자기 모교의 입시 문제를 좋아한다, 라는 느낌이려나?"

그런 느낌으로 문제를 정리한 거야— 라면서 아카미츠키는 조금 득의양양하게 트릭 피로를 끝냈다.

시험 공략을 위한 문제집.

그 예상 문제집이 얼마나 뛰어난 물건인지는 말할 나위도 없다.

이걸 공부하는 것만으로도 시험은 상당한 점수를 받을 수 있을 것이다. 그것도 쿠로하나처럼 중간층 정도의 스펙이라면, 대책을 세우지 않은 상위권한테 이길 수 있을 정도의.

그리고 당연하지만, 아카미츠키는 평소에는 이런 짓을 하지 않는다.

잔재주로 싸우지 않는다.

실력으로 전부 휩쓸어 버리는 것이 이 스펙 몬스터다.

하지만 이번에는 나한테 '이렇게 싸우는 법도 있다'라는 것을 보여주고자. 오로지 그 '목적만'을 위해서 그렇게 했다.

공략법을 분석하고, 다른 사람용으로 전환하여 그야말로 『공략본』을 만들어 냈다.

요컨대, 데모 실연.

가능할 리가 없다며 허투루 보고 있던 내게, 확실히 결과로서 실연하여 보여줬다.

—공략법.

클리어만을 목적으로 한 수법.

그것이 어떻게 위력을 발휘할 수 있는지를—.

고스펙이 아닌. 학살스펙이 아닌. 풀이법만 있으면 그 나름의 인간이 한 단계 위로 올라가는 것은 가능하다는 것을— 눈앞에서 나타내 보였다.

"단지, 이건 어디까지나 정기 시험에 한정된 방식이고, 이번에는 요루 짱한테 한정된 결과니까 말이야. 내가 최종적으로 지향하고 싶은 건 그런 게 아니야."

아카미츠키가 목표로 삼는 곳.

공략본의 의미.

"쿠키노세 군이 좋아하는 말을 빌리자면, 저스펙이든 중스펙이든 고스펙이든— 각자의 방식으로, 각각의 사람의 과제를 클리어하기 위한 방법. 그걸 완성시킬 거야."

"……인제 와서 새삼스러운 말이다만, 나 필요 없지 않아?"

전부 이 녀석 혼자서 충분한 것 아닌가.

그만큼의 예상 문제집을 만들었고 말이다.

착실하게 공부시키고 있던 내가 바보 같잖아.

"무슨 말을 하는 거야. 쿠키노세 군이 기초를 제대로 만들어 줬으니까 가능한 거잖아."

"마음 써 주고 있는 거라면 그만둬. 솔직히 말해 줘."

"쿠키노세 군한테 마음 쓸 의미가 있어?"

……없다.

없네에.

이 녀석, 필요 없는 인간이라고 판단하면 얼른 잘라내는 타입이고 말이지…….

"그러니까 처음에 말했잖아. 쿠키노세 군이『초급편』담당, 내가『상급편』을 담당해야 공략법은 비로소 완성에 이른다고. 쿠키노세 군이 자기 나름의 방식으로, ―누구라도 따라 할 수 있는 방법으로 나름의 결실을 남겨 왔다는 것은. 그 시점과 내 시점이 합쳐지면 겉핥기뿐인 이상론으로 끝나지 않을 거야."

아카미츠키는 그렇게 말하고는.

"뭐, 솔직히 말해서 중요한 부분을 내가 빼앗아 버린 건 미안해."

"그 점에는 전혀 화내고 있지 않다고!"

―아아, 진짜. 역시 어긋나 있구만, 이 녀석.

"참고로 묻지. 나한테 다물고 있었던 이유는."

"깜짝 놀라게 해주고 싶어서."

"쓸데없는 서프라이즈 정신!"

그렇게 이러쿵저러쿵 이야기하고 있던 차에,

"—이번에는 교과서를 도둑맞았어요!"

쿠로하나가 뛰어 들어왔다.

울 것 같은 얼굴로.

아무래도 좋은 성적을 받은 것으로 인해 괴롭힘이 한층 가속된 모양이다.

……이 애는 무언가 사건을 일으키지 않으면 죽는 병이라도 앓고 있는 건가.

점심시간.

"뭐, 여러 가지로 이야기하기 전에. 요루 짱."

"네. 학년 15등이 됨으로써 괴롭힘이 심해진 쿠로하나 요루입니다만."

"뭐야, 그 대답."

무심코 딴지를 걸고 만 나.

"……응. 나로서도 요루 짱에 대한 괴롭힘이 늘어나는 건 예상 밖이었네—."

"사람의 업의 깊이는 아무도 모르니까 말이지."

"너무 깊어서 빠져 버리겠어요오!"

오열하는 쿠로하나.

뭐, 노력했더니 그 결과 괴롭힘이 가속되었다면 누구라도 울고 싶어지기도 할 것이다.

"그래서, 뭐냐. 전에는 그림이었는데, 이번에는 교과서를 도둑맞았다고?"

"우으……, 조금 전에 가방을 열었더니 수학이랑 고전문학 교과서가 사라지고 없었어요오……."

"가방 같은 데다 넣어 두니까 그렇지."

"그치만, 열쇠로 가방을 잠가 뒀다고요, 보세요!"

쿠로하나는 그렇게 말하고는 가방을 쓱 내밀어 보여줬다.

확실히 그 말대로였다. 쿠로하나가 쓰고 있는 학생 가방에는 다이얼 자물쇠가 확실하게 채워져 있었다. 열쇠를 써서 여는 것도 불가능하고, 그럭저럭 비싼 자물쇠이기에 짤깍짤깍 움직여 가면서 번호를 알아내는 것도 불가능하다. 즉, 비밀번호를 모르면 가방을 찢는 것 말고는 내용물을 꺼낼 방법이 없어서, 그건 무척이나 작은 '밀실'이었지만,

"아니— 그런 거 쉽게 훔쳐낼 수 있잖아."

"네?"

"그보다, 전에 그림을 도둑맞았다는 말을 들었을 때도 느낀 거다만, ……쿠로하나 너, 엄청나게 간단한 트릭으로 가방에서 물건을 도둑맞고 있어."

"어, 어떻게 말인가요! 비밀번호가 노출 된 건가요?!"

"그게 아니야. 번호는 제대로 관리하고 있잖아. 수법은 더욱 단순해."

나는 그렇게 말하고는,

"쿠로하나, 그 다이얼 자물쇠는 '학교 구내매점에서' 산 거지?"

"네. 기숙사생이기에 밖에 가는 것도 좀 그래서…… 하지만, 네 자리 숫자를 자기가 정하는 타입이라고요."

"문제는 그게 아니야."

정가 천 엔.

네 자리 숫자를 자기가 설정하는 타입.

즉, 쿠로하나가 쓰고 있는 자물쇠는 '곧바로 새것을 살 수 있다'는 말이다.

"……무슨 말이에요?"

"아—, 그러니까 말이다, 요컨대."

귀찮구만.

구두로 설명하면 길어질 거라고 생각했기에,

"쿠로하나, 나중에 똑같은 거 사줄 테니까."

"헤?"

"이런 말이야."

나는 다이얼 자물쇠를 파괴했다.

바닥에 놓은 뒤 발을 올려 잡아 뜯다시피 하자, 자물쇠 고리 부분부터 뽀각 부러졌고,

"아앗, 뭘 하시는!"

눈을 휘둥그레 뜨며 경악하는 쿠로하나를 내버려 두고,

나는 부순 자물쇠를 손으로 열어 나갔다.

그리고,

"번호, 6765군."

"!, 어떻게."

"이 종류의 다이얼 자물쇠는 자기가 네 자리 번호를 정하는 타입이라 확실히 편리하지만, 부숴서 내부를 보면 번호를 알 수 있어. 자물쇠의 본체인 케이싱이라는 부분과 그에 대응하는 걸림쇠라는 부분을 맞춰서 열리게끔 되어 있으니까, 조심스럽게 부숴서 톱니바퀴 방향과 걸림쇠 위치를 확인하면 네 자리 숫자는 금방 알 수 있어."

"……도둑맞았을 때, 자물쇠는 부서져 있지 않았던 것 같은 느낌이 드는데요."

"그러니까 말했잖아. 구내매점에서 같은 걸 살 수 있다고."

"즉?"

"새것과 바꿔치기 당한 거야, 그거."

"거짓말!"

"시간도 3분도 채 안 걸리니까, 교실에서 해도 들키지 않겠지."

"그, 그럼 뭔가요! 제 교과서를 훔친 사람은 자물쇠를 부숴서 번호를 확인한 뒤에, 새 자물쇠로 바꿔치기해서 흔적을 지우고 있었다는 말인가요!"

"엄청 미움받고 있구만, 너."

"천 엔 가까이 쓰고서 괴롭힘을 당하고 있던 저 자신이 비참해요오오오!"

쿠로하나는 책상에 엎드려 다시 울기 시작하고 말았다.

……귀찮네, 이 녀석.

너무 심하게 울기에, 나는 옆에 있으면서 계속 입을 다물고 있던 아카미츠키를 쳐다봤다.

"아카미츠키, 쿠로하나를 위로해 줘. 시끄럽다고."

"아니 뭐, 그건 괜찮은데, ……그전에 한마디 해도 될까?"

"뭔데."

"쿠키노세 군, 여전히 기분 나쁘네."

"뭐가 말이야?!"

"전에도 말했지만, 이런 세세한 걸 일일이 생각하는 건 효율이 나쁘다느니 어떻다느니 운운하기보다, 평범하게 징그러워……, 어차피 그거잖아? 여자애한테 인사받은 것만으로도 '어라. 혹시 이 녀석, 나를 좋아하는 거 아니야?' 같은 생각 해 버리지……?"

"남자는 대체로 그래!"

"생각한다는 건 부정하지 않는구나."

"……요 1년간 여자한테 인사받은 적 따위 없지만 말이다."

"……울지 마. 두 명이 울면 성가시니까."

—그렇게.

일상의 사소한 트릭을 해결했을 때, 이미 점심시간의 절반이 지나가고 있었다.

다시, 점심식사 자리.

"긴급 미션에 들어가고자 합니다."

점심을 다 먹었을 무렵, 아카미츠키가 그렇게 말했다.

아니,

"긴급 미션?"

"요루 짱을 향한 괴롭힘을 멈추자 작전."

싸구려 같은 작전명이었다.

하지만 단순명쾌하기도 한 그 작전 내용은 아마도 이 자리에서 가장 필요한 것이리라.

"공략법의 개요로서는 『인간관계』가 되는 내용이네. 자기를 공격하는 녀석에게 어떻게 대처할 것인가, 해결해야 할 것인가 하는 귀중한 샘플이 마침 여기에 있고 말이야."

거기서 아카미츠키는 쿠로하나를 힐끔 보고는,

"그렇다기보다, 이제 슬슬 요루 짱을 보고만 있을 수 없는 지경이니까, 도와주자."

"아가미즈키 선배해애애애애!"

슬픔의 눈물에서 감격의 눈물로 바꾸고는 흐느껴 우는 쿠로하나.

솔직히 시끄럽다는 생각밖에 들지 않았지만, 동경하는 선배가 자기를 위해 움직여 주려 하고 있다면 그런 반응이 나오기도 할 것이다. 실제로 쿠로하나는 자살을 생각할 정도로 내몰려 있었던 노릇이니, 이 문제는 시급히 손을 써야만 하는 안건이다.

공략법 제2탄.

그건『인간관계』대처법.

내용으로서는— 쿠로하나를 향한 괴롭힘을 해결하는 것.

"그래서, 어떻게 할 건데."

"갑자기 학교 측에 호소해도 의미는 없으니까, 우선은 우리끼리 행동해야겠네."

"의미 없는 거냐?"

"학교 입장에서 보면 괴롭힘을 당하는 쪽도, 괴롭히는 쪽도, 양쪽 다 학생이니까 말이야. 명확한 근거라든가 결정적인 증거가 없는 한, 애초에 괴롭힘 문제 같은 건 불상사고 큰일로 만들고 싶지 않으니까 표면적으로는 절대로 움직이지 않아. 그러니까 우리끼리 해결할 수밖에 없어."

어째서 그렇게 자세한 건지 묻는 게 무서워졌다.

……아카미츠키 이 녀석, 혹시 가해자 쪽에 서 있는 게 익숙한 거 아닐까.

그런 생각을 하고 있었더니,

"그, 그럼 구체적으로는 어떻게 하는 건가요."

쿠로하나가 쭈뼛쭈뼛 물었다.

그 질문에,

"정해져 있잖아."

아카미츠키는 태연히 대답했다.

"우리끼리 범인을 붙잡는 거야."

쿠로하나한테서 들은 내용으로 알게 된 것은 우선 범행 시각에 딱히 조건은 없다는 것이었다.

쉬는 시간에 도둑맞은 경우도 있는가 하면, 교실 이동으로 오랫동안 짐을 방치해야만 하는 때를 노려 개인 물건을 훔쳐 간 적도 있다는 듯하다. 그렇기에 쿠로하나는 대처하지 못하고 울며 참을 수밖에 없었다.

일일이 짐을 가지고 다닐 수도 없는 노릇이고, 사물함에는 자물쇠를 채울 수 없다.

경계하고 있어도 모든 것에 눈길이 닿는 건 아니다.

그런 것들을 고려하면, 상상 이상으로 학교라는 환경은 성선설로 매우 가득 찬 공간이었던 듯한 느낌이 든다. 나쁜 짓을 하지 않으리라는 전제에서 환경이 만들어져 있다.

그렇게 생각하면 정말이지 위기감이 옅은 곳이다.

남 같은 건 기본적으로 신뢰할 수 있는 존재가 아닐진대.

하지만, 뭐 그래도,

"저기 말이다, 아카미츠키."

"뭐야. 힐문하는 듯한 어조로."

"실제로 힐문하고 있는 거다. 어째서 나는 음악실로 끌려 온 거야."

학교는 그렇게까지 부조리한 짓은 하지 않는다.

적어도 아침에 얼굴을 마주치자마자 갑자기 납치해서, 수업을 빼먹게 하는 녀석보다는.

"어제 말했잖아. 요루 짱을 괴롭히는 범인을 붙잡는다고."

상황을 설명하지.

현재 시각은 오전 아홉 시.

1교시조차 절반은 지나려 하고 있는 시간이다.

그리고 중요한 장소 말인데, 여기는 격리동에 있는 여느 때의 음악실— 즉 평범한 수업 등에서는 결코 사용되지 않는 장소이며, 수업 중에 이곳에 있다는 말은 단순히 땡땡이를 치고 있다는 뜻이다. 이 위치에서는 남쪽 교사의 일부 교실을 볼 수 있게 되어 있어서, 쌍안경을 이용하면 수업을 듣는 중인 쿠로하나를 엿볼 수 있다.

1학년 10반.

그 뒷자리에서 쿠로하나는 나른한 듯이 수업을 듣고 있다.

……어쩐지 다음 시험에서 또 급락할 것 같은 의욕 없는 분위기지만, 여하튼.

이렇게 1학년 10반을 감시하고 있는 목적은 쿠로하나를 지켜보는 게 아니다.

제2탄으로 제안된— 쿠로하나를 괴롭히는 범인을 붙잡자.

그에 관해 위대한 학살 스펙인.

아카미츠키 아사히가 내세운 방책은,

"잠복 감시."

매우 원시적이었다.

"……아니아니아니, 딱히 방법에 관해 이러쿵저러쿵 말하거나 트집을 거는 건 아니다만, 어째서 나까지 수업을 빼먹게 하는 거야."

"어쩔 수 없잖아. 언제 도둑맞을지 알 수 없다고 하니까, 올타임으로 지켜보는 것밖에 방법이 없고. 나도 쉴 때가 있으니까."

감시역은 나랑 아카미츠키가 맡게 되었다.

꾀병 핑계를 대면서까지 휴일을 만들어 학교를 땡땡이 치고 있는 것이다.

적당한 기회를 봐서 기숙사를 빠져나와 쿠로하나의 교실을 지켜볼 수 있는 음악실에 잠입했다.

모든 건 쿠로하나를 괴롭히는 범인을 붙잡기 위해.

하지만 문제는,

"……설마 싶다만."

"응. 붙잡을 때까지 학교 쉴 거야."

"당연한 것처럼 말하고 있다만, 난 그거 처음 듣는 이야기거든!"

나와 아카미츠키의 휴일이 팍팍 깎여나가고 있다는 말이었다.

아니, 딱히 수업을 들으러 가고 싶다는 생각은 하지 않지만.

가고 싶은 마음 따위 손톱만큼도 없지만.

그렇다고 하더라도, 꾀병을 써서 학교를 쉰다는 것에는 영 저항감이 느껴지는 것이다.

"그래도 의외였네."

"뭐가."

"쿠키노세 군이 학교를 쉬는 것에 저항감이 있다는 사실이."

감시라고는 해도 쿠로하나가 교실에 있을 때는 필요 없다.

그렇기에 여기서 하는 것이라고 하면 태반이 시간을 때

우기 위한 잡담뿐이다.

그리고 다행이라고 해야 할지.

불행이라고 해야 할지.

아카미츠키는 말하는 것을 좋아하는 모양이었다.

여기에 오고 나서 줄곧 이야기하고 있다.

겉치레 모드일 때는 천진난만하고 본성 모드일 때는 바늘처럼 뾰족하지만, 벡터가 다를 뿐 '수다쟁이'라는 베이스는 변하지 않았다. 묻지도 않은 것도 멋대로 말할 때도 있는가 하면, 이쪽의 흥미를 끄는 것을 무의식적으로 선택하는 느낌일 때도 있다.

말주변이 좋다, 는 것이다.

부러운 능력이지만 기본기인 듯했다.

"흥. 나는 소심한 인간이니까 말이다."

딱히 할 것도 없기에 나도 대화에 어울려 줬다.

진짜로 한가하고.

"수업에 나가지 않으면 혼날 가능성이 있지만, 수업을 들으러 나가면 일단 혼은 나지 않는다는 보험만을 위해서 학교에 가고 있는 거라고."

"정말로 좀생이네."

"그럼 반대로 묻겠는데, 아카미츠키는 학교에 뭐 하러 가고 있는 거야."

공부 같은 건 할 필요 없을 텐데.

친구도 성가시다면 같이 있고 싶지 않을 테고.

"딱히 지금의 생활을 내던지면서까지 무언가 하고 싶은 일이 있는 건 아니니까 말이야. 쿠키노세 군의 말을 듣고 깨달았는데, 난 좋아하는 것이라는 감각이 희박한 것 같아. 그래서 눈앞에 적당한 것이 있으면 그걸로 괜찮나 하고 생각해 버린단 말이지."

"까다로운 성격이구만……."

"테니스도 아무래도 좋고, 멋 부리는 것도 귀찮을 뿐이고, 하지만 그런 걸 해 두기만 하면 주위에서 멋대로 치켜세워 주니까 일단 하고 있다는 느낌."

"……으음."

중증이었다.

뭐, 확실히 쉽게 클리어할 수 있는 게임뿐이라고 생각하면 이해 못 할 것도 아니다.

하지만,

"그렇게나 의욕이 없는데, 그 외모인가……."

"하? 뭔데?"

"아니, 직접 마주 보면서 할 말이 아니라는 건 알지만, 아카미츠키는 겉모습만은 정말로 완벽하잖아. 오늘 이렇게 오랫동안 얼굴을 마주하고 있지 않았더라면 알아차리지 못했겠지만, 화장이라든가 헤어스타일 세팅이라든가 액세서리 같은 건 주변 녀석들과 비교하면 훨씬 완벽하니까, 원래 지니고 있는 귀여움도 두드러지고 말이지.”

“어라? 칭찬받고 있는 건가?”

부끄럼을 타면서 조금 기뻐 보이는 아카미츠키한테,

“아니.”

나는 말한다.

“자본주의의 잔혹함을 통감한 것뿐이야.”

“뭔가 이상한 말을 하기 시작했어!”

하지만 아카미츠키는 묘한 반응으로 되돌아갔다.

아카미츠키는 눈을 빼끔거렸다.

“어? 지금의 흐름은 너 자세히 보니 귀엽네, 그런 순정 만화 같은 장면 아니었어?”

“어떻게 봐도 귀여운 녀석한테 그런 말은 안 하고, 애초에 내 마음 어디를 뒤져봐도 그런 재미있는 녀석은 안 나와. 내가 말하고 있는 건, 부유한 사람이 한층 더 부를 쌓는다는 현대 사회구조의 잔혹함이 네 외모에 전부 나타나 있다는 말이라고.”

“그런 걸 짊어진 기억은 없는데?!”

그럴 리가 없어, 하고 말하는 아카미츠키.

하지만 논리라는 것은 언제나 단순하여서, 무언가에 비유되는 법이다.

“아니, 잘 생각해 보라고. 아카미츠키.”

“뭘 말이야.”

"너는 확실히 귀여워. 빈말이 아니라, 하나의 사실로서 외모가 좋다는 건 틀림없다고 생각해. 바로 그래서 시간을 들인 메이크업도 열심히 할 수 있고, 조금 비싼 액세서리도 사려고 마음먹을 수 있고, 자신을 발전시키는 것을 주저하지 않을 수 있어."

하지만, 하고 나는 반어로 뒷말을 잇는다.

"그렇게 '노력하자'라고 말할 수 있는 시점에서, 어느 정도는 승리자라는 거야."

"……."

"정말로 가망이 없는 녀석은 상한이 보이니까, 노력하려는 생각도 할 수 없어."

왠지 모르게, 그렇게 생각한 거지만.

아카미츠키는 역시 작은 노력을 거듭해 온 인간이라는 점은 틀림없다.

하지만 그것은 노력이 반드시 보답받는다는 어느 정도의 확신이 있기에 가능한 것.

노력할 수 있는 것만으로도— 승리자라는 사실을 깨닫게 된다.

"그래도 그건 비뚤어진 시선으로 날 보고 있는 것뿐이고, 나한테 잘못은 없는 거 아니야?"

"없지."

정말로.

아니, 그렇다기보다 이런 질투로 가득 찬 망언을 용케 그대로 다 들어 주는군, 하고 감탄할 정도다. 딱히 진심으로 주장하고 있는 건 아니지만, 무의미한 대화인데도.

"하지만 그런 아카미츠키한테도 할 수 있는 일이 있지 않겠어?"

"뭘 하라는 말이야."

"그 왜, 불우한 애들한테 외모를 나누어 준다든가."

"모금인가."

"빨간 깃털도 달아서.*"

"진짜로 모금이잖아!"

더할 나위 없이 생산성 없는 대화.

하지만 그렇다고 해도 남은 몇 시간을 때우기에는 아직 벅찰 정도였다.

"스포츠 중에서 왜 테니스를 고른 거야?"

"단순히 혼자서 할 수 있으니까. 그뿐이야."

계속해서, 감시하면서 잡담.

뭐, 이미 감시 같은 건 거의 안 하고 있지만.

아카미츠키에 이르러서는 피크닉 기분인지 처음부터 가지고 온 과자류를 뒤지고 있었고, 지금은 코알라 무늬에

* 일본의 공동모금 복지법인 상징.

열중일 정도이니 말이다.*

"팀 경기가 서투른 거군……."

"쿠키노세 군한테는 그런 말 듣고 싶지 않은데."

코알라를 입에 던져 넣으며,

"현실적으로 단체로 하는 구기는 한 명이라도 못하는 사람이 있으면 그 시점에서 엄청나게 이기기 힘들어지니까 싫단 말이지. 나라고 해서 소리보다 빠르게 움직일 수 있는 건 아니니까, 야구라든가 축구, 농구에서 약한 팀에 편성되면 시스템적으로 도저히 이길 수 없어."

"이기는 것만이 스포츠의 가치는 아니잖냐."

"나한테는 그렇지 않아. 이기는 것만이 나의 가치야."

"……너도 너대로 힘든 생활을 하고 있구만."

다른 가치관.

하지만 이해하지 못하는 건 아니다.

"게다가 말이야, 포지션 정할 때도 옥신각신하느라 귀찮단 말이지."

"하? 그게 그렇게 귀찮은 일인가?"

거기서 아카미츠키는 내 쪽을 물끄러미 보고는,

"생각해 봐, 쿠키노세 군은 밴드 한다면 가장 먼저 드럼으로 지명될 것 같은 포지션이잖아."

"그런 포지션이 있겠냐!"

---

* 일본의 유명 과자인 코알라 행진. 칸쵸처럼 과자 표면에 코알라 무늬가 그려져 있다.

"야구의 포수, 축구의 수비수, 피구의 외야."

"……."

"중요하기는 중요하지만, 땜빵으로 편성되기 십상인?"

말하려고 하는 바는 잘 이해됐다.

아니, 이해하지 못하는 편이 좋았겠지만.

뭔가 푹 꽂히며 와닿는, 악의로 가득 찬 포지션 나열이었다.

"좀 더 말하자면, 별로 중요하지 않은 사람한테 떠넘기는 역할."

"이제 됐어, 무슨 말을 하려는 건지 이해했으니까 이 이상 쓸데없이 적을 늘리는 듯한 발언을 하지 마! 여러모로 성가셔지잖냐!"

"오케스트라의 심벌즈라든가."

"끝나질 않는구만!"

뭔가, 여러 가지로 하고 싶은 말이 있는 것 같았지만.

이미 단순한 험담이 되기 시작했기에 내가 제지하고 나자,

"요컨대 말이야."

아카미츠키는 말했다.

"사실은 별로 하고 싶지 않았던 포지션을 맡게 되어서, 억지로 자기가 있을 장소라든가 여타 이유를 찾아 나가지 않으면 안 되는 그런 사람이 팀 스포츠에는 꼭 생겨나기

마련이야. 그런 말썽에 휘말리고 싶지 않으니까 나는 개인 스포츠를 고르고 있는 것뿐이고."

심벌즈는 실수하면 금방 들키고, 쉽지도 않다.

수비수는 지키는 건 당연한 거고, 뚫리면 비난당한다.

포수는 투수의 폭투에서 책임을 져야만 하고.

물론 어떤 포지션이라도 해야 할 일은 있고, 인기 있는 화려한 역할에도 또한 크게 짊어져야 하는 것이 있는 건 알지만, 그래도 역시 꽝 제비를 뽑은 감각이 조금 있다는 게 아카미츠키의 생각인 듯했다. 의외로 성가신 녀석이다.

그런 걸 일일이 생각하는 쪽이 소수파겠지.

딱히 화려한 역할을 맡는 게 전부는 아니다.

오히려 자기한테 맞는 것이 우선일 텐데.

하지만 태어나서부터 줄곧 화려한 역할밖에 맡지 않았던 아카미츠키는— 그렇게 생각하지 않고.

'……아,'

깨달았다.

아카미츠키는 자기만이 득을 보고 있다고— 그렇게 느끼고 있는 것이다.

지금까지 많은 사람을 발판으로 삼아 승자 쪽에 서 있었기 때문에.

잘 모르는 것이다.

겉으로 드러나지 않는 인간의 감정을.

그래서 불쌍하다고 멋대로 단정 짓고, 남의 감정을 자기 마음대로 배려한다.

그건 완전히 엉뚱한 동정을 하고 있는 것뿐이고, 패스트푸드 가게에 있는 가족 손님을 보고는 '더 맛있는 가게가 있는데, 애가 불쌍해'라고 생각하는 것이나 마찬가지라, 정작 가족 본인들은 즐겁게 지내고 있으니 쓸데없는 오지랖이라는 이야기다.

비싼 가게에서 마블링이 훌륭한 고기를 억지로 먹는 것보다— 어린애들은 체인점 햄버거가 더 기쁘다.

지나치게 풍족한 것보다는, 조금 부족한 정도가 딱 좋다.

그런 감각이, 아카미츠키한테는— 없다.

어째서냐면 계속 이겨 와서, 그것이 절대적이라고 생각하고 있기 때문이다.

그렇기에,

'이기는 것만이 나의 가치.'

당당히 그렇게 말하고, 자기 외의 다른 사람을 불쌍히 여길 수 있는 것이리라. 생각해 보면 공략본을 만들자고 하는 것도 애초에 위에서 내려다보는 듯한 행동인 느낌도 들고.

답이 오로지 하나밖에 없다니, 그거야말로— 있을 수 없는 일인데.

'—언젠가.'

언젠가, 알게 될 것이다.

아카미츠키가 절대적이라고 믿고 있는 것이야말로, 비좁고 편협한 것에 지나지 않는다는 것을.

"좋은 아침이에요."

"낮이라고."

점심시간이 되어 쿠로하나 등장.

그 얼굴은 상쾌했다.

걸치레 모드인 아카미츠키 정도로 생글생글하고 있었다.

"……쿠로하나 너, 수업 중에 계속 자고 있었지……."

"에헤—."

"딱히 수업 같은 건 마음대로 하면 된다고 생각한다만, 수줍어할 일은 아니니까 말이다!"

공부, 꽤 열심히 가르쳤는데!

바보로 되돌아가면 의미가 없잖아!

"하지만 요새 옛날처럼 잘 잠들 수 있게 되었어요. 전까지는 밤에도 잘 수가 없었고, 수업 중에도 어질어질해서 깜박 졸 수조차 없었는데 말이에요."

"……그런 말을 들으면 추궁하기 힘들다만."

"선배들이 지켜봐 주고 있으면 왠지 안심이 된단 말이죠."

그렇게 말하며 도시락을 꺼내는 쿠로하나.

점심시간은 이렇게 교실을 빠져나와 짐을 방치함으로써, 일부러 범인을 꾀어내자는 이유로 이곳에 있다.

함정 수사다.

그리고 나는 계속해서 쌍안경으로 감시하고 있었는데,

"그래도 점심시간에 도둑맞은 적은 없으니까, 선배도 쉬지 않으시겠어요?"

쿠로하나가 그렇게 말했다.

쉬지 않겠냐, 라고.

"됐어. 오히려 쿠로하나야말로 오후 공부를 위해서 쉬어 둬."

"저, 그렇게까지 유들유들하지 않아요."

"응?"

"안 쉬는 사람 옆에 있으면, 쉬기 껄끄럽지 않나요?"

"……."

결국.

점심시간은 교실 안에도 드나드는 사람이 많아 훔치기 어려우리라는 이유로, 감시조도 휴식하게 되었다. 일단 육안으로도 수상한 사람이 있으면 어느 정도는 알아차릴 수 있기에, 간이 감시법으로 바꾸는 형태가 타협점이었다.

덧붙여서 계획 발안자인 아카미츠키는 무엇을 하고 있는가 하면,

"완전히 자고 있네요."

"유치원처럼 되어 있군."

한참 전에 간이침대 위에서 푹 곯아떨어져 있었다.

주위에는 과자류 봉지가 어지럽게 흐트러져 있다.

자기 시작한 건 30분 정도 전으로, 하고 싶은 말을 이야기하고, 먹고 싶은 걸 먹어서 만족한 것인지 느릿느릿 침대로 파고들어서는 그대로 자기 시작한 것이다.

사자 같다고 해야 하려나.

아니면 어린애 같다고 해야 할까.

뭔가 나랑은 분위기가 다르다고는 느끼고 있었지만,

"완전히 피크닉 기분이었던 모양이야."

"저는 그 정도로 자유분방한 편이 기쁘지만 말이에요."

"그래도 저 녀석, 진짜로 과자 먹고, 수다 떨고, 자는 것밖에 안 하고 있다만……."

"아카미츠키 선배도 정신적으로 지친 거예요. 좋은 사람인 척하는 건 피곤한 일이니까요."

"하아, 뭐."

그렇게 말하면 확실히 그렇기는 하다.

이곳이 마음을 놓을 수 있는 장소라고 생각해 주고 있다면 나쁜 기분은 들지 않는다만.

"게다가."

쿠로하나는 거기서 "하아~."하고 한숨을 내쉬더니,

"아카미츠키 선배의 자는 얼굴, 엄청 귀엽고요."

"깨우고 오지."

"기다려 주세요오!"

전력으로 제지당했다.

팔을 붙잡혀서.

"어째서인가요! 자게 둬도 괜찮잖아요! 귀중한 아카미츠키 선배의 자는 모습이니까, 하다못해 조금만 더 관용을!"

"하지만 너한테 시선강간 당하는 저 녀석이 불쌍하잖냐……."

"시선강간?! 표현에 악의밖에 느껴지지 않는데요! 정정해 주세요!"

……정정이라고 해도 말이지.

어떻게 걸꾸려도 시선강간이라고밖에 말할 수가 없을 텐데.

남이 자는 얼굴을 보면서 히죽히죽 웃으며 밥을 먹는 행동 같은 건—.

"……반찬으로 삼고 있는 거냐?"

"악화됐어!"

"아니, 실제로 남의 자는 얼굴을 보는 건 좋지 않은 일이라고."

훔쳐보는 짓이고.

사진을 찍지 않는 것만 해도 그나마 나은 것일지도 모르지만.

"무슨 말을 하시는 건가요. 저는 누구보다도 미를 사랑하는 사람이에요. 그러할진대 현인신(現人神)인 아카미츠키 선배를 관찰하는 걸 가로막을 것이 대체 뭐가 있다는 말인가요."

"법이야."

"법인가요……."

그럼 어쩔 수 없네요, 라고 말하는 쿠로하나.

거기는 물러나는 거냐 하고 생각했지만, 최소한의 준법정신은 있는 모양이다.

그리고 아카미츠키의 모습을 다시금 진지한 얼굴로 바라보는 쿠로하나.

그 표정은— 바뀌어 있었다.

눈매는 변함이 없는데, 무언가를 꿰뚫어 보는 듯한 안광.

'—호오.'

스위치를 바꾼 것만 같았다.

생각해 보면—.

쿠로하나도 특수한 재능을 가진 사람 중 한 명이다.

덜렁거리는 행동과 괴롭힘을 당해 울고 있는 모습만을 드러내고 있지만, 본래는 그런 사소한 것에 사로잡힐 존재가 아니다. 뛰어난 미술 감각을 지녔고, 명백히 남을 압도하는 능력을 지니며 주위 사람의 마음을 마구 죽여 온 학살스펙 중 한 명이다.

그런 그녀가— 바라본다.

마찬가지로 학살스펙 중에서도 압도적인 여왕— 아카미츠키를.

그 시선에서는 이미 조금 전의 천박함은 사라지고 없었다.

그건 마치 아름다움의 심연을 들여다보는 것처럼, 머나먼 샛별을 올려다보는 것처럼, 아카미츠키라는 동경하는 대상에게 있는 그대로의 눈빛을 향하고 있었던 것이다.

아아—, 하고 떠올렸다.

쿠로하나의 본성.

이 녀석은—.

이 눈이— 진짜인 것이다.

에너지가 흘러넘치는 인간만이 지을 수 있는, 커다란 빛이 깃든— 빛의 눈동자.

그건 아카미츠키나 쿠로하나에 한하지 않고, 무언가를

계속 쌓아 나가고 있는 사람이나 성과를 거둔 사람만이 가능한 감정 표출이다. 과연 내가 지금까지 한 번이라도 이런 눈을 한 적이 있는가 하면, 절대 아니라고 부정할 수 있다. 그만큼 특별한 한 가지를, 쿠로하나는 가지고 있다.

그리고 그 눈동자로 아카미츠키를 보고, 크게 마음을 바꿔 먹은 것인지.

시선강간의 양상은— 이미 사라지고 없었다.

그 눈동자는 완전하게 순수.

그리고 쿠로하나는 뒤돌아본다.

"쿠키노세 선배."

"뭔데."

"둘이서 아카미츠키 선배를 덮쳐 버리지 않겠어요?"

"진지한 표정은 뭐였던 거냐!"

정정.

악화되어 있었다.

쿨 다운.

"우으…… 진심으로 촙을 날리지 않으셔도."

"자는 사람을 덮치려 했던 녀석한테는 미적지근할 정도다."

"아뇨, 하지만 아카미츠키 선배의 자는 얼굴이 너무 귀여워서, 뭔가 이렇게."

황홀해하면서,

"불끈불끈 솟는 느낌이 들지 않나요?"

"그런 느낌이 들었다고 해서 덮쳐도 괜찮은 이유는 안 되잖냐."

"무엇에도 얽매이지 않는 게 자유예요."

"하다못해 법에는 얽매이지 않으면 곤란하다고!"

"체엣—."

쿠로하나는 그렇게 말하며 겨우 흥분된 감정을 가라앉혔다.

계속 마음대로 행동하면서, 조금은 욕구 불만이 해소된 모양이다.

그리고 먹던 도중이었던 도시락으로 돌아온 쿠로하나는,

"자, 여기요."

물통에 든 차를 내게 내밀어 주었다.

감시를 맡은 우리를 위해 일부러 끓여 와 준 모양이었다.

"오오, 물통 여자다……."

"어디에 감동하고 있는 건가요."

"데이트에도 물통을 들고 온다는 소문이 있는, 물통 여자다……."

"그건 딱히 괜찮잖아요!"

자기가 직접 요리하는 것이 중심인 쿠로하나.

기본적으로 뭐든 스스로 준비하는 타입의 인간인 모양이었다.

"어, 어라, 개그 소재 같은 게 아니라, 남자 입장에선 물통을 들고 오는 여자애는, 역시 아웃인가요?"

"아니, 난 모르겠는데."

"선배의 의견을 듣고 싶어요."

"나는— 솔직하게 기쁘지만, 뭐라고 할까, 남이 만든 것은 먹을 수 없다는 사람이라면 다른 사람의 물통으로 마시는 건 힘들 거라는 느낌은 이해가 되는데 말이지. 나는 받은 건 뭐든 먹지만, 책은 새 책이 아니면 싫은 타입이고."

"그건 그것대로 성가실 것 같은 타입이네요……."

"책을 여럿이서 돌려 읽는다든가 하는 건 말도 안 되지."

"친구가 없기 때문인가요?"

"대화의 전후 맥락으로 알 수 있잖냐! 평범하게, 필요하면 직접 산다는 의미라고!"

그렇기에 도서관에도 그다지 가지 않는다.

대충 읽고 잊어버리거나, 알아볼 것이 있을 때 정도라면 이용하는 경우도 있지만, 필요해져서 수중에 두고 싶을 때는 시내의 커다란 서점까지 가서 새 책을 사 온다.

이 감각, 비교적 이해받지 못한다.

대다수는 도서관에서 빌린 책이든, 남에게서 받은 책이든 숙독한다.

그렇기에 남에게서 받은 것을 먹지 못한다는 것도 이해 못 하는 건 아니다.

친구 집에 갔다가 저녁을 권유받아 같이 먹게 되었을 때, 그다지 식욕이 나지 않는다고 할지, 다른 집의 어머니가 만든 요리에 조금 저항감이 느껴진다는 것도 비슷한 이유일 것이다.

"흐음~, 그래도 뭐."

이야기를 다 듣고, 쿠로하나는,

"조금은 안도했어요."

"뭐를."

"선배가 차를 마셔 줄 정도로는, 저를 거절하고 있지 않다는 걸 알았으니까요."

"거절― 이라."

그건 그야말로 지금 쿠로하나가 직면한 것.

무의식적으로 생각하고 말 정도로.

이러고 있어도, 마음속 깊은 곳에 걸리는 다른 사람의 감정.

쿠로하나는 느긋하게 도시락을 먹으면서, 아주 조금이

지만 기쁜 듯한 기색이었다.

그리고 식후,

"……으, 으응?"

"뭔가요. 물끄러미 보고는."

식사 중에 마셨던 차와는 별개로.

쿠로하나는 디저트 같은 감각인지, 우유병을 열기 시작했다.

—우유.

"그렇게나 병이 신기한가요?"

"딱히, 그런 건 아닌데."

"?"

물음표를 띠는 쿠로하나.

그 표정 밑에는 아카미츠키마저 능가하는 가슴을 매달고 있다.

옷을 입으면 말라 보인다, 라는 상태인 걸까.

그런 그녀와 우유의 조합에,

"아니, 그게. 우유를 마시니까 그렇게 가슴이 큰 걸까, 하는 클리셰 같은 말을 해야 할지 어떨지 고민하고 있었어."

"이미 입 밖에 내고 있는데요."

그보다 아마 그거랑은 상관없어요, 라고 말하는 쿠로하나.

뭔가 성희롱 같은 화제에도 대꾸해 주는 것 같았는데,

"어? 없는 거야?"

"어째서 조금 실망하는 건가요. 아니, 어디까지나 제 경우지만, 제가 우유를 마시기 시작한 건 중학교 때부터고, 초등학생 무렵에는 급식으로 나와도 마시지 않았지만, 그 전까지도 이미 제법 컸으니까 말이에요."

"에이—."

진짜로 대실망.

"하지만 어째서 중학교 때부터 마시기 시작한 거야? 보통 성장하고 나서 싫어하게 되는 법이잖아?"

"저, 실은 중학교 무렵부터 괴롭힘을 받아서 말이에요."

"호오."

"급식에는 언제나 연필이나 모래 같은 게 섞여 있어서, 제대로 입에 댈 수 있는 건 우유밖에 없었단 말이죠."

"……."

"괴롭히는 애한테도 수분은 취하게 해준다는 자기 나름의 선은 있었던 모양이에요. 그때의 습관으로 지금도 마시게 되었어요."

"……."

"그러니까, 사라져 버리고 싶다든가 죽고 싶다는 마음

은 줄곧 있었어요. 중학교 시절의 심한 괴롭힘에 비하면 지금 건 가벼운 편이고, 선배들도 있고, 반에도 조금이지만 대화할 수 있는 애가 있으니까 심경 면에서는 편한 쪽이에요."

……누가.

누구라도 좋다.

이 애를 구해줘.

구하는 김에, 이 자리의 분위기도 같이.

……쿠로하나 이 녀석, 실은 불쌍해 보이는 게 컨셉인 애가 아닐까 하고 조금 생각했는데, 정말로 지금까지 많은 것들을 극복해 온 거였구나.

모난 돌은 정 맞는다고 할지.

깎여나간다고 할지.

며칠 전에 아카미츠키가 이 애의 자살을 멈춰서 정말 다행이다—.

"……죄송해요. 어두운 이야기라."

조금 눈물을 띠고 있던 쿠로하나.

하지만 소매로 눈물을 쓱 훔치고는, 억지로 미소를 지은 뒤,

"하지만 지금이 그럭저럭 즐거우니까, 저는 이제 괜찮아요! 자, 분위기를 업 시키기 위해서 제가 괴롭힘을 당했을 때 억지로 금붕어를 먹게 되었던 이야기라도 할까요!"

"이제 됐어, 이 이상 트라우마를 도로 파내지 마!"

강렬한 괴롭힘 에피소드.

그 후, 나는 금붕어는 죽고 이틀이 지나도 여전히 몸이 매우 딱딱하고, 비늘도 많아 결코 먹을 수 있는 게 못 된다는 이야기를 쿠로하나에게서 듣게 되었다

"어떻게 된 거야, 얼굴이 핼쑥해져서는."

"아니……, 난 행복했던 걸지도 모른다는 생각이 들어서 말이지."

"하아?"

"아카미츠키도 말이야, 지금의 행복에 감사해야만 한다고."

"내가 자는 사이에 왜 득도하고 있는 거야."

"금붕어는 먹을 수 있는 게 못 된다는 것 같더라고."

"아니, 저기."

"나는 억지로 무릎 꿇려지고, 강세로 썩은 금붕어를 먹으면서 살아갈 자신이 없어."

"그러니까 무슨 일이 있었던 건데."

오후 감시는 비교적 금방 시간이 지나갔다.

쿠로하나는 내게 트라우마 에피소드를 잔뜩 이야기했고(듣고 있는 내가 진짜로 울 것만 같아졌던 수준), 이야기하는 데 질렸나 싶더니만 아카미츠키의 자는 얼굴을 마음껏 탐닉하여 스케치 몇 장을 끝내고는 재빨리 교실로 돌아갔다.

오후쯤 되니 감시도 익숙해졌다.

하지만 인제 슬슬 질리기 시작했기에 나는 공부를, 아카미츠키는 게임을 하며 교실 감시를 완전히 제쳐 놓고서는 좋아하는 걸 하기 시작하고 있었다.

이미 뭐가 공략법인지 모를 정도로.

완전히 엉망진창.

그저 수업을 땡땡이치고 있을 뿐이다.

하지만 아카미츠키는 즐거워하고 있는 것 같기에, 아무 말도 할 수가 없었다.

계속 뿅뿅거리는 게임을 하고 있다.

뭔가 사람을 죽이는 게임이라는 건 알겠는데, 전처럼 유명한 작품은 아니기에 제목은 알 수 없고, 하지만 결코 어린애한테 시켜서는 안 되는 쪽의 게임이었다.

……흐음.

얽히고 싶지 않기에 무시.

아카미츠키가 스트레스를 발산할 때는 그다지 가까이 가지 않는 게 좋으리라.

그리고 각자 좋아하는 걸 하거나, 간간이 잡담을 하고, 너도 해보라는 말에 잠시만 게임에 억지로 참가해 엉망진창으로 당했을 때 종이 울려 5교시가 끝났다.

이제부터 6교시.

쿠로하나한테서 맡은 시간표를 보면,

"지금부터가 본격적인 시작이네."

'교실을 이동'하는 체육 수업이었다.

이 타키미사키 고교, 체육 후에는 잠이 온다는 이유로 6교시에 체육이 많다.

그리고 쿠로하나가 여러 가지를 도둑맞는 것도— 이 시간이 많다고 하는데,

"저기 말야, 아카미츠키."

"뭔데."

"이때부터 감시하는 걸로 충분했던 거 아니냐."

"그런 말을 했다간 끝장이잖아."

"나는 평범하게 끝내고 싶다고! 계속 나한테 감시를 맡겨 놓고 말이야!"

아카미츠키는 줄곧 놀고 있었던 것뿐.

"난 쓸데없는 일은 하지 않는 주의야."

"……역시 쓸데없는 짓이었냐."

어렴풋이 생각했었지만.

아카미츠키의 감에 의하면 5교시까지 도난은 일어나지 않을 것이고, 아침부터의 감시는 어디까지나 보험이었던 모양이다. 범인 쪽에 있는 아카미츠키는 그런 부분의 후각은 발군이라는 듯하다.

기분 나쁜 후각이었지만.

뭐, 그래도 어째서 일부러 아침부터 여기에 있었는지 묻자, 어째 땡땡이라는 걸 해보고 싶었던 모양이다.

날 끌어들이지 말라고.

"……이제 됐어. 그것보다, 언제냐."

"뭐가?"

"쿠로하나를 괴롭히는 범인이 움직이는 건."

나는 본론을 물었다.

아카미츠키는 대답했다.

"지금부터 10분 뒤 아니겠어?"

—5분 뒤.

"저기, 정말로 이제부터 오는 건가요?"

"아카미츠키가 그렇게 말하니까, 틀림없겠지."

장소는 1학년 10반 베란다.

체육 수업을 빠져나와 나랑 합류한 쿠로하나가 베란다 벽에 숨어 있었다.

아카미츠키는 미리 쿠로하나에게 지시했던 모양이라, 체육복으로 갈아입는 걸 빨리 끝낸 쿠로하나는 나와 같이 베란다 그늘에 몸을 숨기게 되었다. 정원을 만들고 남은 벽돌이나 흙 부대가 방치되어 있어 미묘하게 좁지만, 사람 둘이 앉는 정도라면 지나치게 넓을 정도다.

범인이 나타나면 그대로 현장을 덮칠 수 있는 포지션이다.

덧붙여서 두뇌인 아카미츠키가 여기에 없는 건,

『아카미츠키, 왜 넌 이쪽에 안 오는 거냐.』

『지금 게임이 한창 재밌는 부분이니까.』

『초등학생이냐! 마무리하고 이쪽으로 와!』

『조금만 더 있으면 갈 거래도.』

전화를 스피커 모드로 하고, 아카미츠키는 음악실에서 이쪽을 지켜보는 형태가 되었다.

그리고 아마도, 이쪽에 오지 않을 것이다.

말투로 왠지 모르게 알 수 있었다.

"아~ 진짜, 아카미츠키한테는 실망이다."

"어쩔 수 없죠. 어린애 같은 점도 멋지다고 생각해요."

"그것도 그렇지만, 쿠로하나한테도 실망이라 실망이 두 배라고."

"네?"

"어째서 블루머 체육복이 아닌 거야."

"이미 이 현대에 블루머 입는 학교 같은 건 없다고요!"

혼났다.

일단 갈아입고 온 쿠로하나는 현재 학교 지정 체육복이었다.

위는 흰 티셔츠.

아래는 감색 반바지.

즉, 평범한 차림.

정말이지 유감이다.

"아니 뭐, 아무리 그래도 블루머는 농담이고 오히려 잘도 그 말이 통했구나 싶어 놀라고 있는 정도인데, 뭐라고 할까, 반소매 티셔츠에 반바지라니, 어중간한 차림이잖냐."

"어째서예요. 맨다리고, 노출 많잖아요."

"아니 그게, 팔다리를 너무 많이 드러내고 있으면 개구쟁이 어린애 같은 느낌이라고. 기왕 체육복을 입을 거라면 다른 사람한테 보이는 걸 의식해 버리는 여자애 특유의, 촌스러운 긴소매 체육복을 더운 걸 참으면서 억지로 입고 있는 느낌을 보고 싶었는데."

"평범한 사람이 들으면 오싹해할 성벽이니까 저 말고 다른 사람한테 말하는 건 그만두는 편이 좋아요."

차가운 눈의 쿠로하나.

……가벼운 농담이었는데, 이렇게 진심이 담긴 반응을 돌려주면 조금 슬프군.

『저기, 쿠키노세 군.』

스피커에서 아카미츠키의 목소리가 나를 부른다.

"뭐야. 나는 또 혼나는 거냐."

『터무니없는 적반하장이네.』

그런 게 아니야, 하고 합성 음성은 계속된다.

『스피커 모드를 끊고 쿠키노세 군 귀에 휴대폰을 대. 앞으로 1분도 지나지 않아서 범인은 올 거라고 생각하니까.』

“그건 알겠는데, 네 예측력도 뭔가 무섭네…….”

아카미츠키의 말에 나는 통화 모드로 바꾼 휴대폰을 내 귀에 댔다.

이걸로 아카미츠키의 목소리는 나한테만 들리게 되었다. 하지만 그러고 나서는 할 게 없었기에, 쿠로하나와 함께 베란다에서 교실을 엿보는 모양새가 되었다.

그리고 사태는 갑자기 움직였다.

체육 수업이라 누구 한 명 찾아올 리 없는 교실 문이 열린다.

들어온 것은 낯선 여학생 한 명이었다.

딱히 눈에 띄는 특징이 있는 애는— 아니었다.

아카미츠키나 쿠로하나처럼 화려한 것이 있는 게 아니라, 굳이 어느 쪽이냐고 하면 수수하고, 남을 괴롭히는 범인이라기보다 오히려 괴롭힘을 당하는 애 같은 분위기마저 나는 애였다.

하지만 그 애는 틀림없이 범인이었다.

주머니에서 꺼내 쥐고 있던 마이너스 드라이버. 그리고 곧장 쿠로하나의 사물함으로 향하더니, 입구를 잠그고 있는 자물쇠를 건드리기 시작했다.

‘—흐음.’

의외, 라고 해야 하려나.

남에게 위해를 가하는 인간이니까, 그 생김새는 좀 더 화려하다고 할지, 공격적인 외모를 지닌 인간이 괴롭힘을 행하고 있을 거라고 생각했지만, 그런 틀에 박힌 선입견 따위 현실 앞에서는 전혀 의미가 없는 것인 듯했다.

아무런 특별할 것 없는.

평범한 애.

쉬는 시간에는 친구와 이야기하고, 방과 후에는 부 활동을 하며, 취미는 독서라고 말할 것만 같을 정도의.

뭐어— 아무래도 상관없지만.

어떤 녀석이든 간에, 남의 물건을 훔치는 시점에서 절도범— 범죄자다. 예정대로 이제부터 뛰어들어가 붙잡고, 이야기를 들은 다음 처분을 정해야만 한다.

나는 베란다에서 교실로 이어지는 문에 손을 댔다.

『기다려.』

휴대폰 너머에 있는 아카미츠키의 목소리였다.

"응? 왜 그러는 건데."

『여기서부터의 대응은 요루 짱한테 맡겨 주도록 해.』

어째서, 하고 생각했지만,

"어, 아……."

나는 그제야 쿠로하나의 낌새 변화를 알아차렸다.

그녀는 범인을 보고 화내고 있는 것도, 슬퍼하고 있는 것도 아니었다.

그저,

"어째, 서……."

망연자실, 아연해하고 있었다.

놀라고 있다는 표현보다도, 얼이 빠져 있다고 말하는 편이 적절할 정도로. 그건 예측하고 있었던 괴롭힘이라는 행위가 아니라, 그 범인에 허를 찔렸다는 느낌이라,

『범인 이름은, 아사카와 유키.』

대답이 나온다.

쿠로하나한테서가 아니라— 아카미츠키의 입에서.

『요루 짱이랑 같은 1학년 10반 여자애. 성적은 중하. 배트민턴부고, 특별히 이야기할 점은 없지만, 마음이 조금 약해 보이는 인상이 있으려나.』

그리고, 하며 뒷말을 잇고는,

『요루 짱이랑, 친하게 지내고 있던 애.』

아카미츠키는— 전부 파악하고 있었다.

그야 빈둥빈둥 드러누워 게임하고, 과자를 입에 넣을—만도 했다.

뭐든지 예측이 되고 있었으니까.

그리고 아카미츠키의 말에 내가 떠올리고 있던 건 며칠 전에 나눈 쿠로하나와의 대화.

'대화해 주는 친구도 솔직히 말하면 미에랑 유키가 가끔

말을 걸어 주는 정도라…….'

쿠로하나가 괴롭힘을 당하는 원인은 미술부에서의 활동에 있었다.

재능을 질투받고, 녹아들지 못하여, 박해받은 것이 원인인 괴롭힘이기에, 미술부와는 동떨어진 곳에 있는 반에서는 남들처럼 평범하다고까지는 말하지 못해도, 결코 마이너스는 아닌 생활 수준이었을 터다.

적어도, 누군가 말을 걸어 주는 시점에서 나보다 위다.

하지만 뚜껑을 열어 보니, 범인은— 그 같은 반 친구.

『이야기를 듣는 한에서는, 이상한 부분이었단 말이지.』

아카미츠키는 전화 너머로,

『개인 물건을 훔칠 거라면 교실에 드나들지 않으면 안 돼. 하지만 다른 반 사람이 찾아오면 그것만으로도 상당히 눈에 띄는 법이잖아? 하지만 지금까지 파악하고 있는 것만으로도 요루 짱의 소지품은 다섯 번이나 도둑맞았다는 말은, 그 부분의 리스크는 상당히 적었다는 말이 돼. 그 시점에서 보통과 10반에는 미술부원 같은 건 없으니까, 미술부 사람이 범인은 아니야. 그렇게 되면, 생각해야 할 건 내부범.』

즉,

『요루 짱에게 가까이 다가가도 부자연스럽지 않은 애.』

과연.

—속이 뒤집히는 이야기다.

쿠로하나 요루라는 이 소녀는, 앞으로 몇 번이나 더 배신당하지 않으면 안 되는 거지.

몇 번이나 더 상처받지 않으면 안 되는 거지.

『하지만 실행범에 불과할 뿐이고, 명령한 건 미술부 사람이라고 생각하지만 말이야. 그 아사카와 양, 평범하게 심약해서, 명령받으면 약할 것 같아. 애초에 요루 짱의 물건을 훔칠 이유 같은 건 없으니까, 그 애도 피해자겠네.』

명령받아서.

어쩔 수 없이, 이루어지고 있던 일.

하지만 그건 평범하게 누군가를 괴롭히는 것보다, 훨씬— 악질적인 것 아닐까.

『그러니 여기서부터는 요루 짱한테 맡기자.』

역시, 뛰어나게 머리가 잘 돌아가는 녀석이었다.

—아카미츠키 아사히라는 존재는, 정말로.

"붙잡지, 않는 거냐?"

『그렇게 하는 것도, 눈감아 주는 것도, 여기서부터는 요루 짱이 결정할 거라는 말이야.』

"아니, 하지만."

『쿠키노세 군, 잊은 거 아니야? 이건 어디까지나 인생 공략법 '인간관계' 중 하나라는 걸.』

"—그건."

『결국, 어디까지나 부외자인 우리가 뭘 해 봤자 피해자인 요루 짱의 마음 같은 건 절대 알 수 없어. 예측하거나 동정하는 건 가능할지도 모르지만, 증오나 부정적인 감정까지 포함해서 배려한다는 건 절대로 무리야.』

"그래도."

『쿠키노세 군한테 연인이 생기는 것만큼이나 무리야.』

…….

조금은 가능성이 있을지도 모르잖아.

그렇게 생각하고 마는 점을 보면, 나도 완전히 포기하지 못한 것이리라.

한심하다.

『그러니까, 이번 사건을 해결하는 데는 요루 짱의 선택이 중요해. 결국은 괴롭힘 같은 건, 당한 쪽의 감정 해결이 제일 중요한 거니까.』

그러니까, 맡기자.

피해를 입은 본인인 쿠로하나가 이제부터 어떻게 움직일 것인가.

그것이 아카미츠키의 제안이었다.

눈감아줄 것인가—.

붙잡을 것인가—.

대화를 나눠 해결할 것인가—.

그 선택들은 쿠로하나에게 맡겨 추후 문제 해결의 실마리로 삼으려는 것이 아카미츠키가 처음부터 꾀했던 꿍꿍이인 모양이다. 감정이란 건 변하기 쉬운 법인지라 예상하기 힘들지만, 근저에 스며든 어두운 감정은 그리 쉬이 바뀌지 않기에 이 첫 한 걸음을 어떻게 극복하느냐가 중요해지기 때문이라고 한다.

그러니까, 나와 아카미츠키는— 지켜볼 뿐이다.

아사카와라는 소녀를 보고 나서부터, 망연자실해하고 있는 소녀.

쿠로하나가 어떻게 움직일지.

정신을 차리고, 어째 부들부들 떨기 시작한 쿠로하나가 어떤 해결법을 선택할 것인지.

눈감아줄 만한— 도량이 있는지.

붙잡을 만큼의— 비정함을 지닐 수 있는지.

서로 대화를 나눌 수 있을 만한 여유가— 지금의 쿠로하나에게 있는지.

그리고 쿠로하나는 결심을 굳힌 듯이, 후우 하고 숨을 내쉬었다.

뒤이어서, 자신이 끌어낸 답에 따라 그 자리에서 몸을 굽히고, 발치에 있는 벽돌을 주웠다.

그리고, 그대로 강하게 내리쳤다.

유리창을 향해.

단단히 구워진 벽돌을, 있는 힘껏.

"……."

말을 잃었다.

나는 갑자기 바로 옆에서 쨍그랑하는 작렬음과 함께 유리가 산산이 조각나 튐으로써 그 자리에 가만히 서 있을 수밖에 없었고, 사태를 이해하는 데도 조금 시간이 걸렸다.

하지만, 조금씩 이해했다.

쿠로하나가 선택한―

"유키."

해결책은,

"그거, 유키 물건이 아니야."

"―!"

"그거, 내 거야."

"!!"

―그 자리에서 분노를 발산하는 것이었다.

"미, 미아, 아,"

채 의미를 이루지 못한 말소리와 함께 아사카와는 도망쳤다. 다리는 덜덜 떨리며 불안정했고, 마음속 깊은 곳에서부터 겁을 먹어 떨면서도 그 자리에서 멀어지려는 것처럼 뛰어서.

갑자기 유리창이 산산이 깨지면 그야 그렇게 될 것이다.

상당히 큰 소리가 난 것이다.

남겨진 것은,

"알아 버리고 나면, 싱거운 법이네요."

우울한 표정으로 중얼거리는 쿠로하나.

그리고 그런 그녀의 일시적인 감정로 완전히 파괴되어 흩어진 유리창.

"뭐, 유키도 누군가가 시켜서 그랬던 거겠지만, 그래도 지금까지 저와 대화해 주고 있었던 건 제게서 신뢰를 얻기 위해서였을까요, 아니면 죄악감 때문이었을까요— 뭐, 하지만 이유 같은 건 무엇이든 상관없고, 이제부터 그 애가 어떻게 할지도 생각하고 싶지 않아요."

가면 같은 표정을 지으며 말하는 쿠로하나.

뭔가, 감개가 깊다는 듯한 얼굴을 하고 있다만—.

그래.

"일단, 쿠로하나."

"네."

"도망친다."

"예스, 서(sir)~."

유리창을 깬 것이다.

제법 커다란 소리가 났으니 누군가가 달려오기 전에 우

리는 뛰어서 건물에서 탈출했다.

음악실까지 뛰기를 1분.

그러나 전력으로 달리면 상당히 힘든 길이다. 하지만, 그렇다고 해도,

"……깜짝 놀랐잖냐!"

도착하자마자 큰 목소리로 딴지를 걸고 있었다.

여기에 올 때까지는 누군가한테 목격되면 곤란하다고 생각하여 잠자코 있었지만,

"쇼와 시절의 불량배 고등학교냐!"

얼마 전에 아카미츠키가 깬 것과 합쳐서 두 장째다. 이러니저러니 해도 성실한 학생이 많은 타키미사키 고교에서는 그리 쉬이 일어나지 않을 진기한 사태라고 해도 과언이 아닐 것이다. 음악실에서 조금 전까지 있었던 장소를 보니 교원 몇 명이 달려와 현장 검사를 시작하고 있었다.

범인으로 발각된다고 하더라도 정학당하거나 하지는 않을 것이다.

하지만 소심한 나는 심장이 계속 쿵쿵 울려 댔다.

"말려들게 해서 죄송해요, 선배."

그래도 개운해졌어요, 하고 마찬가지로 숨을 헐떡이는

쿠로하나.

"……너는 이 해결 방법으로 괜찮았던 거냐."

"네."

후회는 없다— 그렇게 말한다.

"이러니저러니 해도 저는 프라이드가 높다고 생각해요. 제가 얼마나 그림의 재능을 타고났는지, 다른 사람과 얼마나 외모가 동떨어져 있는지, 그 우수함을 객관적으로 볼 수 있기에 아무리 제게 위해를 가하려 해도 그 자신감은 흔들리지 않으니 말이죠. 그러니까 만약, 그 자리에서 사이좋게 손을 잡고 화해한다든가, 그 애가 이제부터는 마음을 고쳐먹을게, 같은 말을 한다고 하더라도— 솔직히 죽으라는 생각밖에는 하지 않았을 거예요. 용서할지 하지 않을지를 결정할 수 있다면, 저는 절대로 용서하지 않아요."

눈에는 눈을.

이에는 이를.

기원전의 법전까지 거슬러 올라갈 듯한 보복이지만— 그런 법이리라.

특히 강한 힘을 상징하는 바로크 문화가 좋다고 호언하고, 절대적인 힘을 지닌 아카미츠키를 신봉하는 쿠로하나의 근본이 그런 온순한 인간일 리가 없었다.

—화내고 있었던 것이다.

쿠로하나 요루는 자신을 둘러싸고 있던 환경에.

세상사의 해결법은 궁극적으로는 두 가지뿐이다.

논리인가.

감정인가.

이것밖에 없다. 그리고 그 자리에서 쿠로하나가 선택한 것은 감정이고, 자신에게 해를 입혀 왔던 인간에게 그저 공포를 안겨주어 겁먹게 하고 싶다는 원초적인 이유로 유리창을 깨부쉈다.

르네상스 시기의 회화에 그려진 신들이 분노로 쉽게 인간을 죽였던 것처럼.

쿠로하나는 분노에 몸을 맡긴 보복을 선택했다.

그리고 그것이 올바른 것이었는지—.

그런 건 논의할 만한 내용은 아니리라.

이번 일은 쿠로하나 자신에게 선택시키겠다고 미리 정해 두었기 때문이다. 설령 비겁하고 간사한 인간이라는 말을 들을지라도, 대외적으로 어떻다고 한들, 쿠로하나는 자신의 감정에 매듭을 짓는 것을 우선했다.

그렇기에 통속적인 윤리로 쿠로하나를 타이를 이유 따위 내게는 없는 것이다.

나는— 단순한 범인(凡人)이니까.

—하지만.

"야, 아카미츠키."

책임을 져야 할 사람에게는 추궁하지 않으면 안 될 것이다.

일단은.

나는 창가에서 밖을 바라보며 이쪽을 돌아보려고도 하지 않는 아카미츠키에게 말을 걸었다.

"이걸로, 괜찮았던 거냐."

"괜찮잖아. 요루 짱이 개운해하고 있으니까."

"괜찮지는 않잖아……."

"응. 뭐, 나도 조금이기는 해도 아까웠다고 생각하고 말이야?"

"아까워?"

응, 하고 아카미츠키는 고개를 끄덕이고는,

"유리창이 아니라, 아사카와 양한테 벽돌을 던졌으면 좋았을 텐데."

그날의 사건은 아무 일도 아닌 것처럼 풍화되어 갔다.

벽돌로 깨진 것임은 알지만, 그런 시간에 목격자가 있을 리가 없고, 유일하게 증언할 수 있는 아사카와 양도 침묵을 관철하여 유리창 파손 사건은 미궁에 빠져들었기 때문이다.

그야 뭐— 신고할 수 없겠지.

밀고했다가는 그걸로 끝이다. 피가 거꾸로 솟은 쿠로하나한테 무슨 짓을 당할지 알 수 없다.

갑자기 욱해서 유리창을 깨는 발작 증세 보유자라는 건 모르는 게 약인 것이다.

그렇기에,

"아카미츠키 선배. 주스 사러 가요~."

밝은 목소리의 쿠로하나.

"……살찔 거야, 요루 짱."

"흐흥. 그런 말은 몇 번이고 들어 왔지만, 더는 들어 주지 않겠어요. 자판기까지 걸어갔다가 돌아오는 사이에 칼로리 따위는 소비되니까요! 자아, 가요! 아카미츠키 선배가 사주면 대체로 당첨이 나와서 한 개 더 먹을 수 있으니까요!"

"……살쪄서 가슴이 큰 여자는 비참하지."

"그러네요. 저희하고는 상관없는 이야기라 다행이에요."

이렇게.

실행범 두 사람은 화기애애한 분위기라, 혼자서 이래저래 생각하고 있던 나 역시 사흘 정도 지나자 그다지 신경 쓰지 않게 되었다.

인간은 쉽게 망각하는 생물인 것이다.

게다가 지금 생각해 보면, 그건 올바르지는 않더라도— 그다지 잘못된 것도 아니었다.

나는 깔끔한 방법밖에 없다고 생각하고 있었다.

뭔가 좋은 해결책이, 방정식처럼 있을 거라고.

게임처럼 명확한 답이 있을 거라고— 무의식적으로 그렇게 생각하고 있었다.

그렇기에 쿠로하나가 터무니없는 해결법을 실행에 옮겼을 때도, 그걸 아카미츠키가 잘했다고 인정할 때도, 나는 혼자서만 거기에 섞이지 못하고 이해의 범주 밖에 놓여 있었던 것이다.

하지만, —알게 됐다.

하이스펙인 녀석들은 그런 나와 다르다.

해결된다면 다소 무리한 점이 있더라도 그런 건 무시하

여 아귀를 맞춰 버리고, 과정의 아름다움 따위 쳐다보지도 않는다는 것을. 그걸 깨닫고, 나는 자신이야말로 편협한 남자임을 다시금 인식했다.

고작 그것만으로도— 내게는 수확이었을지도 모른다.

하지만,

"……."

그것을 유일한 정답으로 삼아도 괜찮은 걸까, 하고도 아직 생각한다.

게다가 애초에 내가 아카미츠키한테 본의 아니게 협력하고 있는 이유—.

학살스펙뿐만이 아니다.

고스펙도.

저스펙도.

능력 있는 녀석이건 능력이 부족한 녀석이건, 각자의 해결법을 찾자든가 그런 건 이상이다.

그건 계속해서 승자로 존재해 온 아카미츠키는 결코 할 수 없는 일이고.

누군가가— 저 녀석 대신에 해야만 한다— 꽝 제비를 뽑는 것처럼.

"……기개가 없구만."

그렇지만, 최후의 결심이 되질 않아서.

휴대폰을 꺼낸다.

전부 다섯 건의 연락처.

가족 두 명에 더해 최근 등록된 아카미츠키, 후지카와 선생님을 합쳐 네 명.

그리고, 마지막 한 사람.

휴대폰을 사고 나서 아마 가족보다도 먼저 등록한— 첫 번째 사람.

그 녀석에게,

『자기밖에 도울 수 없는 녀석이 있다면, 어떻게 하면 좋을 거라고 생각해?』

보내 봤다.

오랜만에, 라기보다— 1년 이상 만에.

어쩌면 저쪽은 나 같은 건 잊어버렸을지도 모르지만.

"아……."

답장이 왔다.

30초 정도 만에, 어디에 있는지도 모르는— 그 녀석에게서.

『그런 걸 묻는 시점에서, 어떻게 해야 하는지 알고 있는 거잖아.

너는 머리가 나쁘니까, 생각하지 말고 움직여.』

"……우오오."

여전히 험한 입.

하지만 망설이고 있던 행동을 결정시키기에는, 간결하고 알기 쉬운 답장.

"생각하지 말고 움직여, 라……."

뭐, 확실히— 그렇겠지.

물어볼 필요도 없는 것이었다.

나는 음악실을 나와 안뜰로 이어지는 길을 걸어갔다. 아카미츠키와 쿠로하나가 돌아온다면 반드시 마주치게 되는 경로라, 생각했던 대로 1층 구름다리에서 캔을 든,

"어라? 선배도 뭐 사러 가시나요?"

쿠로하나와 마주쳤다.

"그런 건 아닌데, 쿠로하나, 같이 있던 아카미츠키는 어디 갔어?"

"친구로 보이는 분한테 붙잡혀서 말이에요."

"아아."

"그래서 뛰어서 도망쳐 왔어요. 성격 밝은 분들, 껄끄럽단 말이죠."

그래그래.

친구의 친구는 뭔가 어색해지는 느낌이지.

"……그러고 보니, 너도 나랑 동류였지."

"네. 같은 포유류끼리, 선배에게는 공감을 느껴요."

"그런 넓은 범주로 공감받아도 기쁘지 않다고!"

"하지만 잘 생각해 보면, 포유류는 엄청 파렴치한 분류죠. 젖을 마시고, 젖을 먹이니까 포유류— 젖을 먹는다는 공통점으로 이어져 있는 생물군. 그것이 생태계 상위를 대부분 점하고 있는 지구는 실은 무척 음란한 것 아닐까요?"

"안심해라. 전 세계에서 그런 걸 생각하는 건 너뿐이니까."

"왜 그러세요. 우유에 적힌 갓 짠 우유 100%라는 글자에 마저 아직 흥분하는 선배답지도 않게."

"중학교 때도 그런 적 없었고, 가령 그런 남자가 있다면 너는 즉시 거리를 둬야 할 거다! —아아, 진짜! 본론에 좀 척척 들어가게 해줘라!"

"본론!"

"그래."

하고 싶은 말을 너무 많이 한다.

아카미츠키도, 쿠로하나다.

구름다리에서 젖이 어쩌니저쩌니하는 말을 하고 있을 때가 아니다.

"쿠로하나."

"네."

아마— 여기서부터가 정말로 힘들 것이다.

나도.

무엇보다도— 쿠로하나가.

"네가 『공략법』을 작성해 줬으면 한다."

7월 7일.

말할 필요도 없이 칠석이라는 날로, 매년 미묘하게 들뜨는 날이다.

계절이 바뀌는 다섯 절구[1] 중 한 단락이자, 본격적으로 더워지기 시작할 무렵이기에 여름 축제나 연중행사가 편성되는 날. 그리고 탄자쿠[2]에 소원을 담아 장식한다는 문화도 있기에 행사로서는 제법 크지만, 그런 문화의 기초가 없는 해외에서는 딱히 아무것도 아닌 날이다.

그런 이유로,

"……덥다."

나도 해외를 본받기로 했다.

멍하게 지내며, 아무것도 하지 않는다.

7월 7일.

현재 내가 2층에서 내려다보고 있는 안뜰에는 탄자쿠를 장식할 조릿대가 늘어서 있다. 학생들에게는 어제부터 탄자쿠가 배부되어, 완성한 사람부터 마음대로 매단다는 타

1. 일본의 5절구. 각각 1월 1일, 3월 3일, 5월 5일, 7월 7일, 9월 9일.

2. 칠석날에 소원을 적어 조릿대에 다는 종이.

키미사키 고교의 행사다.

유치원 수준의 행사일 것이다.

하지만 하고 있는 건 같아도 규모가 다르면 별개라, 3천 명이라는 인원수를 지닌 이곳에서는 탄자쿠라 할지라도 한곳에 모이면 그 나름대로 장관이었다.

안뜰은 조릿대잎 정글로 변해 있었다.

……으음—.

이 정도까지가 되면 이상한 종교 같다.

저번에 쿠로하나가 괴롭힘 사건의 범인을 격퇴하고 나서 아직 열흘도 지나지 않았지만, 그때와 비교하면 풍경이나 기후는 완전히 변해서, 상당히 예전 일처럼 느껴진다.

계절은 거의 여름.

아카미츠키와 만난 봄으로부터— 조금 경과했다.

"……응?"

그때, 문득 눈에 띄었다.

그건 맞은편 동쪽에서 안뜰로 다가온 아카미츠키 그룹이었다.

……이렇게 말하니 뭔가 재벌 같지만.

"그나저나, 저 녀석은 변함이 없군……."

여전히 생글생글 웃으며 즐거운 듯이 집단을 이끌고 있다.

귀족 부인이나 병원의 교수 회진 같은 느낌으로, 몇 사람을 줄줄 이끌고 있다.

그리고 그걸 보고 있었더니, 눈이 마주쳤다.

아카미츠키와.

저 녀석은 문득 시선을 들더니, 교사 2층에 있던 나를 본 것이다.

감이 좋은 건지, 내 시선을 알아차린 듯했다.

게임에서도 저격수가 노리면 알아차리는 아카미츠키답지만, 무서운 능력이다.

그런 생각을 하고 있었더니,

“응……?”

아카미츠키가 뭔가 제스처를 보내왔다.

살며시, 나에게만 향하여, 쉿쉿, 하고 쫓아내는 듯한 몸짓.

……뭐지?

거기서 떠나라는 말일까.

어째서 이런 멀리 떨어진 거리에서 쫓겨나지 않으면 안 되는 거지.

—라고 생각하고 있었을 때였다.

다음 순간, 아카미츠키가 시야에서 사라졌다.

“어?”

당황했지만— 그게 아니었다.

사람이 갑자기 사라질 리가 없다.

단순히, 아카미츠키는 달려 나감으로써 정글처럼 서로 겹쳐진 조릿대잎에 몸을 숨겨 사라진 것처럼 보인 것뿐이고, 그런 그 녀석은 지금 내가 있는 교사 쪽까지 질주하고 있었던 것이다.

지상에 있는 녀석들에게서도, 그늘에 가려져 발견되지 않을 듯한 주법.

달려 나간다.

그리고 마지막에는 앞쪽에 설치되어 있던 대나무를 붙잡고, 용수철처럼 몸을 튕겨 올리더니,

"헬로~."

탁, 하고.

2층 창틀에 올라탔다.

간단한 울타리를 넘어 온 것만 같은 느낌으로.

이때, 나는 그제야 조금 전의 제스처가 『창문에서 떨어져』라는 의미였음을 깨달았지만, 그것보다도.

"끝내주는데……."

"핫하. 가끔 이런 모습을 보여주지 않으면 잊어버릴 것 같으니까 말이지."

평범하게 감탄하고 있었다.

터무니없이 운동신경이 좋다는 건 알고 있었지만, 대나무의 반동만으로 2층에 뛰어 올라오는 걸 직접 보니 뭐라

고 할까— 다르다, 라는 것을 잘 알 수 있었다.

조금 전까지 아카미츠키와 같이 있던 녀석들도 아카미츠키를 놓쳐 두리번두리번하고 있다.

아무도 2층에 올라갔을 거라고 생각할 리가 없어서, 시선을 올리지 않는다.

"뭐, 이 정도지."

아카미츠키는,

"쿠키노세 군을 놀라게 해주는 건 실로 쉬운 일이야."

어째 말투도 미묘하게 이상했고, 득의에 찬 표정을 짓고 있었다.

대략 내가 이상적인 반응을 했기에 조금 득의양양해져 있는 것이리라.

……이 녀석.

'너무 천재라서 고뇌하는 나'를 잔뜩 어필해 온 주제에, 가끔 이런 식으로 칭찬받고 싶을 때는 솔직하게 요구해 온단 말이지…….

칭찬받지 못하는 건 싫지만, 과한 칭찬은 죽을 만큼 싫다.

그런 느낌인 걸까.

사람의 감정은 뭔가 하나로 묶을 수 있는 건 아니지만, 그렇다고 하더라도 이만큼 양극단적이면 휘둘리는 이쪽도 큰일이기에 한 번쯤은 찍소리 못하게 해주기 위해서 나는 여전히 창틀에 앉아 있는 아카미츠키에게 말했다.

"아카미츠키."

"응?"

"치마."

발차기를 맞았다.

명치에.

"죽일 셈이냐!"

"죽었으면 좋았을 텐데."

찍소리도 못했다.

이쪽이!

아카미츠키는 구두 끝으로 내 측두부에 발차기를 날렸다!

"아니, 그렇게 치마 속을 보여주려는 것처럼 앉은 네가 잘못인데, 어째서 내가 발로 차이는 거야! 그것도 숨 쉬는 것처럼 자연스럽게 인체 급소를 노리고 말이다!"

"눈을 찔리지 않은 것만으로도 감사하도록 해."

"눈?!"

"먹으면 머리가 좋아진다는 것 같으니까, 끄집어내서 요루 짱한테 먹일까."

"발상이 너무 무서운 데다, 애초에 그건 생선 눈 이야기잖냐!"

사람 눈동자를 먹인대!

쿠로하나가 아니더라도 트라우마로 살아갈 수 없게 된다고!

"아아, 진짜."

얼굴을 빨갛게 물들이며—.

아카미츠키는 창틀에서 내려온다.

연기 같은 게 아니라, 다리를 무방비하게 드러낸 것이 그녀 나름대로 창피했던 모양이다.

"……아카미츠키는 그런 거 평범하게 부끄러워하는군."

"무슨 말이야?"

"뭔가, '벌레한테 알몸을 보여도 창피하다고 생각해?' 같은 말을 할 듯한 캐릭터니까."

"그렇게까지 유쾌한 캐릭터는 아닌데……."

"그래서, 뭐야. 2층까지 뛰어 올라와서는."

본론으로 되돌린다.

아카미츠키는 나를 발견한 것 정도로는 가까이 다가올 만한 사람이 아니다. 달리 용건이 있었으니까 내게 오려는 김에 그런 퍼포먼스를 한 것이리라.

"자, 이거."

아카미츠키는 주머니에서 작은 봉지를 꺼냈다.

그건 별과 동물 일러스트가 그려진 비닐봉지.

인데— 내용물은 뭐지?

"뭔데, 이게."

"수제 쿠키."

"하?"

잘 이해하지 못한 채, 나는 그녀가 건네는 대로 작은 봉지를 받아들었다. 내용물을 보니 확실히 쿠키로 짐작되는 것이 10개 정도 들어가 있었다.

모양으로 기성품이 아니라는 것은 알았지만,

'……?'

아카미츠키가, 나한테?

어째서?

다시금 쿠키를 힐끗 바라본 뒤, 봉지 겉에서 하나를 고르고 그걸 깨서 조각내 봤다.

"뭐 하는 거야."

"뭔가 혼입되어 있는지 확인해 볼까 싶어서."

"평범한 쿠키고, 애초에 왜 혼입되는 게 전제인데!"

게다가, 하고 아카미츠키는 계속해서 말한다.

"그 쿠키, 요루 짱이 만들어 준 거니까."

"아아."

조금 납득.

아카미츠키가 나한테 뭔가 만들어 줄 리가 없다고 할지, 애초에 이유도 없었다.

"조금 전에 교실에 와서 쿠키노세 군한테도 건네 달라는 말을 들었으니까, 건네 두는 거야. 요즘 세상에 답례로 수제 쿠키라는 것도 고풍스럽지만."

그렇게 말하며 자신의 작은 봉지를 열어, 받은 쿠키를 입에 넣는 아카미츠키.

창가에 기대어 서서 오도독오도독 소리를 내며 먹기 시작했기에, 뭔가 같이 먹지 않으면 안 될 것 같은 분위기가 되어 나도 쿠로하나한테서 받은 쿠키를 먹기로 했다.

덧붙여서, 맛은 평범하게 맛있었다.

딱히 언급할 필요도 없다.

가게에서 팔고 있는 듯한 느낌이라, 도리어 재미가 없다.

"딱히 재미는 필요없잖아."

"먹은 순간에 입이 폭발한다든가."

"……폭발이야 어쨌건, 그러고 보니 조금 전에 만났을 때 요루 짱이 한 말은 조금 이상했지—."

"이상해?"

"뭔가, 쿠키를 건네줄 때 '포기하지 않아 주셔서 고마웠습니다'라는 말을 들었단 말이지. 그때는 딱히 아무렇지도 않게 생각했는데.,

으음~, 하고 신음하는 아카미츠키.

"딱히 지금까지 한 것 중에서 포기한 적은 한 번도 없는데 말이야."

공부를 봐 주거나.

괴롭힘을 해결해 주거나—.

절대적인 성공자인 아카미츠키는 그것들을 포기한 적은 결코 없었고, 오히려 자신만만하게 임했기에 '포기하지 않아 주셔서'라는 말이 마음에 걸린 것이리라.

"그래서, 왜 나한테 그런 이야기를 하는 건데."

"쿠키노세 군이라면 뭔가 알고 있을 거라고 생각해서."

"뭔가라니."

"요루 짱의 그 말에, 짚이는 건 없어?"

평범하게 들으면 쿠로하나가 한 말은 아무것도 아닌 말이리라.

단순한 수사법.

하지만 이때의 아카미츠키는 무언가 확신하여 조금 캐묻는 듯한 어조였다.

'…….'

딱히 말하지 않을 이유는 없을 것이다.

어차피 어느 정도 시간이 지나면 이야기할 생각이었다.

"아카미츠키, 지금부터 쿠로하나한테 간다."

"뭐? 본인에게서 이야기를 들으라는 말이야?"

"그래도 좋지만, 아마 내 입으로 말하는 것보다 보는 편이 빠를 거라고 생각해."

"하아."

영 이해가 안 된다는 표정으로, 뒤에서 따라오는 아카미츠키.

하지만 그런 의아한 표정도, 서쪽 교사에 도착하여 쿠로하나의 교실— 1학년 10반을 들여다본 순간에 크게 변했다.

아마도 아카미츠키는 교실에서의 쿠로하나의 모습을 상상하고 있었을 터다. 대화를 나누는 사람 같은 건 거의 없고, 고립되어 있는 상황을. 어디의 어떤 반에도 몇 명은 있는 상황을.

하지만 쉬는 시간에 쿠로하나는 혼자가 아니었다.

쿠로하나 옆에는 한 명이 더 있었다.

두 명으로는 결코 많은 수라고는 할 수 없지만, 적어도 고립되어 있지는 않았다.

아카미츠키는 그 모습에 드물게도 놀란 표정을 짓고 있었다.

쿠로하나의 대화 상대가,

"어……?"

아사카와 유키였기 때문이다.

얼마 전에 으르대서 쫓아냈던 소녀.

쿠로하나 요루 괴롭힘 사건의 실행범.

그런— 격퇴했을 터인 적과 쿠로하나가 같은 시간을 보내고 있었기 때문이다.

몇 초 뒤.

감이 좋은 아카미츠키는,

"쿠키노세 군."

교실을 들여다보는 걸 멈추고 내 쪽을 봤다.

"요루 짱한테 무슨 짓을 한 거야."

"어째서 나쁜 짓을 한 것처럼 말하는 건지는 신경 쓰인다만."

약간의 뜸.

"딱히 아무것도 하지 않았어. 일주일 전에, 쿠로하나한테 『공략법』 작성을 의뢰한 것뿐이야."

"공략법…… 이라니, 아아."

생각이 이르렀다는 듯이, 아카미츠키는,

"화해를, 실천하고 있다는 거야?"

"그런 거다."

나는 수긍했다.

"원래는 그게 목적이잖냐. 여러 해결법을 찾는다는 것이."

공략 목표 『인간관계』.

어디까지나 그 수단 중 하나가 『불쾌한 사람의 배제』라는 것뿐이고,

"딱히 화해해서 나쁠 이유는 없잖아."

나는 쿠로하나와 아사카와를 봤다.

잡담하고 있는 것처럼 보이지만, 잘 보면 미소는 어딘지

모르게 어색하고, 서로의 거리도 물리적으로 떨어져 있는데다 눈을 마주치고 있는 시간도 짧다.

완전히 마음을 터놓은 건 아니다— 서로가 겉꾸리고 있는 듯한 상태.

하지만 험악한 것보다는— 훨씬 나으리라.

"아카미츠키와 쿠로하나가 그날 끌어낸 답도 옳다고 생각해. 지신을 적대시한 사람을 철저하게 배제한다, 당한 짓을 잊지 않는다, 용서하지 않는다, —두 번 다시 그 녀석이 공격하지 못하도록, 그때까지의 관계를 결정적으로 파괴하여 얽히지 않도록 한다— 옳은 일이야."

싫다면, 관계를 맺을 필요는 없고.

보고 싶지도 않다면, 안 보면 된다.

무척 합리적이고 간단하여, 그야말로 인간관계의 공략법이라고 불러도 좋을 것이다.

하지만,

"잘 생각해 보면, 그런 방법은 강한 녀석들만이 취할 수 있어."

아카미츠키가 나를 옆에 두고 있는 의미.

그건 평범한 사람의 시점이 필요하기 때문이다.

아카미츠키가 상급자용이고, 내가 초급자용 공략법을 정리할 수 있으니까.

내가 선택되었다.

"전대 히어로가 아니니까, 적을 해치우고 끝. 그렇게는 되지 않는 게 현실이라는 법이지. 왜냐면 저 녀석들 둘은 쭉 클래스메이트라고? 적어도 앞으로 1년은 거의 매일 얼굴을 마주할 테고, 스쳐 지나가기도 할 거고, 조를 나누는 수업에서 같은 걸 할 가능성도 커. 그때마다 싸우고 관계를 끊었으니까 일일이 신경 쓰면서 지내는 건, 뭔가— 피곤하지 않냐?"

"……."

"일주일 전에 쿠로하나한테도 그렇게 말한 거야."

처음에는 물론 싫어했다.

어째서 피해자인데 이쪽이 접고 들어가는 듯한 짓을 해야만 하는 건가.

용서하지 않았는데, 용서한 표정을 지어야만 하는 건가.

오히려 내가 야단맞았다.

아, 쿠로하나는 평범하게 호통치는구나, 하고 깨달을 정도로, 평범하게 야단맞았다.

그래도, 최종적으로는— 받아들였다.

이유로서는 어디까지나 『공략법』 작성을 위해서고, 본의는 아니라고 말하면서.

그날, 쿠로하나가 선택한 방법은 고스펙용이었다.

다른 친구를 사귀면 되는 사람, 대신할 친구가 얼마든지 있는 사람이 이 이상은 해밖에 되지 않는다고 판단한 적을 효과적으로 물리치기 위한 방법을 선택했다.

하지만 그래서는— 부족할 것이다.

"그렇다고 해서, 특별한 건 하지 않았지만."

정말로.

내가 한 건 어디까지나 쿠로하나를 설득한 것이고, 그 이후에는 대부분 저 녀석이 한 일이다.

아사카와에게 안녕, 하고 인사하는 것부터 시작해서 체육 수업에서 팀이 되었을 때는 자연스럽게 협력하고, 까먹지도 않은 필기구를 빌리러 가거나— 여하튼 그날의 일은 뭐든 없었던 일로 치고자, 쿠로하나는 자신을 억누른 채 계속해서 움직였다.

마음속 깊은 곳에서는— 용서할 수 없는데도.

어떤 이유가 있든지 간에, 마음을 상처입힌 사실은 사라지지 않는데도.

하지만 쿠로하나는 그런 프라이드를 억누르며 아사카와와 가까워지고 있다.

혼자서.

그리고 거기까지 이야기했을 때, 아카미츠키는,

"그런 말을 하고 있지만, 실제로는 쿠키노세 군이 상당히 도와줬지?"

"아니, 특별히는."

“딱히 숨기지 않아도 돼. 정말로 요루 짱이 혼자서 전부 했다면, 이런 쿠키를 만들어 와서 ‘포기하지 않아 주셔서 고마워요’ 같은 말을 할 리가 없어.”

“하아.”

포기하지 않고—.

즉, 아사카와와 쿠로하나가 원래 관계로 돌아가는 것을 — 포기하지 않았다.

포기하고 있던 쿠로하나를— 다시 한번 되돌아오게 했다.

“그리고, 그 도와준 것도 전부 내 지시라고 요루 짱한테 말한 거지? 그렇지 않다면 나한테만 고맙다는 말을 하는 건 이상해. 아마 자기가 좋은 사람이라고 생각되고 싶지 않으니까, 공로는 전부 나한테 넘기려고 한 거잖아.”

“…….”

“요루 짱을 설득하는 것뿐만이 아니라, 쿠키노세 군이 뒤에서 아사카와 양과 대화를 나눠 보거나, 자연스럽게 말을 걸 수 있는 방법을 생각해 주거나, 넌지시 요루 짱의 기분을 달래 준다든가 한 거지?”

……머리가 너무 좋아서 기분 나쁘다.

이렇게까지 술술 맞히면 머릿속을 보이고 있는 느낌이었다.

내가 요 일주일간 한 행동.

“뭐, 어쨌든. 쿠키노세 군.”

“뭔데.”

“고마워.”

“!”

—불의의 일격.

“조금 잊고 있었어.”

아카미츠키는 눈을 내리깔고,

“누구든 할 수 있는 방법을 생각한다— 처음에 정한 그런 규칙을, 문제가 해결되었다고 해서 잊고 있었어. 그러네. 답이 하나일 리, 없었지.—

그렇게 말하고는 내리고 있던 고개를 들었다.

무언가 고민하고 있던 것이 해결된 것처럼.

그리고,

“내가 고른 사람이, 쿠키노세 군이라서 다행이야.”

—웃었다.

아카미츠키가.

그렇게 느꼈다.

지금까지 수없이 봤던 겉치레 모드일 때의 가면 같은 미소가 아니라, 본성 모드의 실실거리는 느낌도 전혀 없고, 잔인한 게임을 할 때의 얼굴도 아니고.

—진짜 의미로.

웃었다.

1초도 채 되지 않는 짧은 시간이었지만— 수줍어하는 듯한, 쑥스러운 미소로.

"그럼 난 다음이 교실 이동 수업이니까, 먼저 돌아갈게."

아카미츠키는 발걸음을 되돌려 2학년 건물로 몸을 향하고는,

"그럼, 방과 후에 음악실에서."

겉치레 모드로 이행— 쓸데없이 밝게, 뛰어서 떠나갔다.

누가 봐도, 우등생에다가 밝은.

흠잡을 데가 없는— 아카미츠키 아사히로 변해서.

"……."

딱히 서두를 예정이 없는, 남겨진 나는,

"돌아갈까……."

걸어서 자기 교실로 돌아갔다.

원래부터 그렇게 먼 거리도 아니었기에 금방 안뜰까지 돌아오게 되었다.

창문은 열린 채.

조금 얼굴을 내밀자 대량의 조릿대잎이 눈앞에서 솨아아, 하고 흔들렸다.

소원이 적힌— 탄자쿠도 함께.

'…….'

왠지 모르게.

탄자쿠에 적힌 소원을, 살펴봤다.

그리고 예상대로라고 할까, 적혀 있는 건 대체로 같았다. 성적이 오르기를, 부 활동에서 활약할 수 있기를, 연인이 생기기를, 대학에 합격하기를—. 7할 정도가 그런 것들이고, 나머지는 개그를 노리고 적힌 것일 '세상의 절반을 손에 넣고 싶다' 같은 것들이었다(상당수 있었다. 클리셰 같은 개그일 것이다. 전혀 웃기지 않지만).

이것들은 소원으로 여겨지지만, 보기에 따라서는 '고민거리'다.

수없이 고민하며 괴로워하지만, 현재로서는 이루어지지 않는 것.

……그렇게 생각하면 이 조릿대잎에서는 원념을 느낀다.

"하아—."

한숨.

뭐가 원념이냐.

안도와 어처구니없다는 감정이 함께 내 입에서 자연히 새어 나온다.

"……고마워, 인가."

그런 아름다운 말을 남한테 들은 건.

언제 이래인지.

감사한다고 하는, 그런 감정을 받게 되는 건.

하지만— 다르다.

다른 것이다.

내가 쿠로하나를 도운 것은 선의에서가 아니다.

좀 더 단순히, 나는 관계를 수복하지 못하고 있던 쿠로하나에게— 나 자신을 겹쳐 보고 있었다.

옛날의 나라면서.

마찬가지로 결렬하고, 수복하지 못한.

부서진 관계성과, 그때까지의 일—.

나는 결국 마지막까지 수복하지 못하고, 아니, 그렇다기보다 지금도 수복하지 못한 채 여기까지 오고 만 것에 대한 후회를 쿠로하나에게 겹쳐 보고, 그걸 해결하면 나 자신도 구원받는 것 아닐까 하는 생각에.

그런 한심한 생각에 쿠로하나를 말려들게 했다.

하고 싶지도 않은 화해를, 억지로 시켰다.

나의 그런 제멋대로인 행위.

지금은 고마워하고 있는 것 같지만, 그렇다고 하더라도 그런 건 변명거리도 되지 못한다.

쿠로하나는— 옛날의 나고.

아사카와는— 옛날의 '그 녀석'이라.

그때, 잘못을 용서할 수 없었던 자신이 그저 죽이고 싶을 만큼 미워서.

그런— 나의 자책감 따위 모른 채,

'내가 고른 사람이, 쿠키노세 군이라서 다행이야.'

내게 그렇게 말한 아카미츠키.

그때 그녀가 보여준 진짜 미소가— 불현듯 뇌리를 스쳤다.

찰나,

"……윽."

욱씬, 하고.

오른팔이 쑤셨다.

곧바로 잦아들었지만, 착각이 아닌— 분명한 통증.

—대단한 녀석들과의 차이.

—메워지지 않는, 감각의 차이.

스펙의 차이— 마음을 죽이는 학살 스펙을 지닌 인간과의, 결정적인 차이.

"……하아."

그러고 나서도 한동안 오른팔은 바늘을 찌른 것처럼 계속 아파 왔고, 걷는 것도 귀찮아졌기에 나는 근처 창가에 몸을 기대어 잠시 쉬기로 했다.

창문으로 아래를 내려다본다.

여기는 4층이다.

이미 탄자쿠에 적힌 글자는 보이지 않는다.

색깔을 알 수 있을 뿐이다.

창문을 연다.

바람을 쐰다.

바다에서 불어오는 바람에서 살짝 바다 내음이 풍긴다.

괴롭히는 건가 하는 생각이 들 정도로 강하게 쏟아지는 직사광선이 새하얗게 비쳐 눈을 아찔하게 만든다.

그래도,

"……높네."

창문에서 내려다보니— 멀다.

정말로 멀다.

건물 4층이라는 건— 지면에서 너무나도 멀다는 걸 다시금 알게 됐다.

고소공포증인 건 아니다. 하지만, 그래도 창문에서 몸을 앞으로 기울여 얼굴을 내미는 듯한 모양새가 되는 것만으로도, 어쩌면 떨어질지도 모른다는 반사적인 공포심으로 오싹한 느낌이 든다.

그래.

그렇다.

4층이라는 높이는— 인간이 죽기에는 지나칠 정도로 충분하다. 그리고 그렇게 얼굴을 내미는 것만으로도 공포심이 솟는 장소에서, 아카미츠키 아사히라는 소녀는 뛰어내리려 했다.

다리부터 떨어지지 않고, 머리부터.

주저하지 않고, 한순간에.

이 높이에서 죽으려고 했다.

그리고 그녀는 말했다.

'사람이 죽는 데 그렇게까지 훌륭한 이유가 필요해?'

태연하게.

그리고 나는 그때 당시에는 그녀가 한 말의 의미를 곧이곧대로 받아들였지만,

'아카미츠키, 그 녀석은—.'

생각해 보면—.

아카미츠키는 그날 자기가 죽는 데 이유 따위 없다고 말했다. 하지만 잘 생각해 보면, 지루하니까 죽으려고 생각했다는, 그날 한 말은— 진짜인 것일까.

틀림없는 진심이라고.

무엇이 보증한다는 건가.

확실히 그때 아카미츠키의 말은 거짓 없는 본심이라고 느꼈다.

자연스러운 표정이나 어조, 말꼬리에서 장난을 치고 있다는 느낌이 들지 않았기에, 나는 아카미츠키의 계획을 돕기로 했다.

인생 공략본을 만들자고.

그 말을 듣고, 내키지 않는 채 억지로 승낙하게 되어 지금에 이르고 있다.

하지만— 평범하게 생각해 보면,

'죽으려고 했던 이유는, 있었던 게 아닐까—.'

그건 너무나도 당연한 것이지만, 지금까지 부자연스럽다는 생각조차 하지 않았다. 지갑을 도난당했을 때, 아카미츠키를 의심조차 하지 않았던 학생들과 너무나도 똑같았다.

그런 상황에서 거짓말을 하는 인간이 있을 리 없다는 생각에—.

잘 생각해 보면 너무나도 터무니없는 이유를, 어느샌가 믿고 있었던 것 아닐까.

학살스펙.

남의 마음을 죽이는 재능을 지닌 소녀는— 거짓말을 하고 있었다고.

이런 별종이라면 딱히 특별한 의미도 없이 진짜로 죽으려고 했던 것 아닐까 하고, 생각하게 됐다.

—보통은 절대로, 그럴 리가 없는데.

"……속았군."

겨우 알아차렸다.

바보인가, 나는.

그 녀석은 터무니없는 거짓말쟁이인데, 어째서 나한테

만은 거짓말을 하지 않을 거라고 생각하고 있었던 거냐.

오히려 거짓말을 하는 게 당연하지 않은가.

그 자리를 모면하기 위한 거짓말로 본심을 감춰 내 추궁을 얼버무리고, 그 후에도 희희낙락하며 평소에는 말하지 않을 듯한 거짓말을 몇 번이고 하고 있었던 것이리라. 나는 그런 것도 알아차리지 못하고, 아카미츠키를 둘러싼 녀석들처럼 눈앞에서 보여주고 있는 태도가 전부라고 믿게 되고 말았다.

필요하다는 말을 듣고.

멀리 있던 존재가 눈앞에 다가와서.

도와줘, 라는 말을 듣고.

들떠 올라 있었다.

"쪽팔린다."

어처구니가 없군.

어쩌지.

자신이 얼빠진 피에로라는 걸 알게 된 지금, 아카미츠키와 다시 얼굴을 마주하고 싶지 않다.

이유도 없이 죽으려고 했다—.

그걸 믿고 있었다니.

너무 멍청하다.

"……아니."

차라리 이제 더는 억지로 만날 필요도 없는 것 아닐까?

설령 내가 여기서 활동을 그만둬도, 무엇 하나 불이익은 없다.

공짜로 부려먹히고 있는 거니까.

한편, 아카미츠키도 곤란할 것은 없다.

하려고 생각하면 뭐든 할 수 있는 녀석이니까.

오늘 쿠로하나 건으로 다시금 확신했지만, 내 역할은 솔직히 보조의 보조에 불과하다. 아카미츠키는 나라서 다행이라고 말했지만, 지금에 와서는 그 말도 거짓말이었을 가능성은—.

'내가 고른 사람이, 쿠키노세 군이라서 다행이야.'

거짓말— 일지도 모른다.

그 말도, 교묘한 함정.

그럴지도 모른다.

그렇다고 하더라도,

'그럼, 방과 후에 음악실에서.'

아카미츠키가 그때, 일순간만 보여줬던— 미소만큼은.

내게만 향해진, 그 수줍어하는 듯한 얼굴 정도는 믿어도 괜찮을지도 모른다.

평소에는 부자연스러울 정도로 주위에 미소를 흩뿌려대고, 나나 쿠로하나와 있을 때는 실실 웃고 있는 아카미츠키가, 겨우 방심해서 드러낸 본래의 표정 정도는.

그것도 거짓일지도 모른다.

아카미츠키의 책략일지도 모른다.

하지만 거기까지 의심해 버리면, 앞으로 나는 모든 것을 의심하게 될 것이다.

"……돌아가자."

일단.

일단은, 아카미츠키의 가면을 벗겨 주겠어.

우등생에 상냥하고, 누구에게나 호감을 사는 겉모습의 가면도, 방약무인하며 마구 날뛰는 뒷모습의 가면도 전부 벗겨 내고, 그때 보여줬던 미소를 한 번 정도는 백일하에 드러내 주겠어.

그 정도는 하지 않으면 수지가 맞지 않는다.

웃게 해주마.

진짜 얼굴로.

수많은 사람이 보고 있는 앞에서.

이쪽은 속고 있었던 것이다.

본성을 보여 버리면 되는 거다.

—학살 스펙.

—저스펙.

승산은 없다.

확실하게.

하지만, 오늘은 7월 7일.

소원을 비는 날.

분수를 모르는 목표도, 바라는 정도라면 용서해 줄 것이다.

계단을 내려와 교실로 돌아올 무렵에는, 조릿대잎을 비추는 빛은 한층 더 강해져 있었다.

후기

"동정? 그건 잘못됐군."
"하?"
"사랑을 모르는 자라고 불러라."
"멋있기는 하지만 말이야!"

그런 어디서 쓰면 좋을지 모르는 대화를 정리한 것이 본서입니다.

학살이니 자살이니 괴롭힘이니 불온한 말이 드문드문 보입니다만, 너무 신경 쓰지 마시고 훑어봐 주신다면 좋겠습니다.

기본적으로 친구들 사이의 별것 아닌 대화를 짜깁기한 것입니다.

극복해야 하는 여러 문제를 해결하기 위해, 주인공들이 이것저것 하는 것뿐이기에 동료의 처절한 죽음이나 배신, 초전개 같은 건 딱히 없습니다.

등장인물은 주로 세 명입니다.

쿠키노세.

아카미츠키.

쿠로하나.

소설 한 권에 세 명— 사람의 이름을 외우는 게 서툴러 추리 소설을 읽을 때는 서두의 등장인물 소개를 몇 번이고 왕복하는 제게는 최선인 인원수이기에, 만약 후기부터 읽으시는 분이 계신다면, 적당히 아무렇게나 읽어 나가 주신다면 기쁘겠습니다.

—자, 그럼.

이번에도 많은 분들의 조력이 있어 책을 낼 수 있었습니다.

감사합니다.

만약 이 시리즈의 속간을 낼 일이 있다면, 그때야말로 폐를 끼치지 않…… 아니, 끼칠 거라고는 생각합니다만, 가능한 한 적게 해 나가자는 기개는 가득합니다.

그때는 잘 부탁드리겠습니다.

그리고, 이 책 「학살스펙」이 출판되고 그 다음 달에 후지미 판타지아 문고에서도 '우에카와 케이' 명의로 새로운 시리즈를 간행할 예정이기에, 그쪽도 잘 부탁드리겠습니다(선전). 무대는 학원이 아니라 진짜 전장이 되기에 분위기는 상당히 다릅니다만…….

그러면.

또 어딘가에서.

만나 뵙게 된다면.

하스미 케이카

학살스펙 아카미츠키 양과 저스펙 쿠키노세 군 plan.1

초판 1쇄 | 2020년 12월 25일

지은이 하스미 케이카 | **일러스트** 코-야후 | **옮긴이** 주승현
펴낸이 서인석 | **펴낸곳** 제우미디어 | **출판등록** 제 3-429호
등록일자 1992년 8월 17일 | **주소** 서울시 마포구 독막로 76-1 한주빌딩 5층
전화 02-3142-6845 | **팩스** 02-3142-0075 | **홈페이지** www.jeumedia.com

ISBN 978-89-5952-981-0
978-89-5952-982-7 (set)
*파본은 구입하신 서점에서 교환해 드립니다.

| **제우미디어 트위터** twitter.com/Jeumedia

만든 사람들
출판사업부 총괄 손대현 | **편집장** 전태준
책임편집 서민성 | **기획** 홍지영, 박건우, 안재욱, 양서경, 이주오
디자인 총괄 디자인그룹 헌드레드 | **제작, 영업** 김금남, 김용훈, 권혁진